诗酒江山

歌咏泸州酒诗精选

国际诗酒文化大会
组委会　编

长江出版传媒　长江文艺出版社

图书在版编目（CIP）数据

诗酒江山：歌咏泸州酒诗精选 / 国际诗酒文化大会
组委会编. -- 武汉 : 长江文艺出版社，2024.9
　　ISBN 978-7-5702-3331-1

　　Ⅰ. ①诗⋯ Ⅱ. ①国⋯ Ⅲ. ①古典诗歌－诗集－中国
Ⅳ. ①I 222

中国国家版本馆 CIP 数据核字（2023）第 186858 号

诗酒江山：歌咏泸州酒诗精选
SHI JIU JIANG SHAN：GE YONG LU ZHOU JIU SHI JING XUAN

责任编辑：谈　骁　　　　　　　责任校对：毛季慧
封面设计：祁泽娟　　　　　　　责任印制：邱　莉　　王光兴

出版：长江出版传媒　长江文艺出版社
地址：武汉市雄楚大街 268 号　　　邮编：430070
发行：长江文艺出版社
http://www.cjlap.com
印刷：武汉新鸿业印务有限公司

开本：787 毫米×1092 毫米　　　1/16　　印张：23.75
版次：2024 年 9 月第 1 版　　　　2024 年 9 月第 1 次印刷
行数：3680 行

定价：118.00 元

版权所有，盗版必究（举报电话：027—87679308　　87679310）
（图书出现印装问题，本社负责调换）

编 委 会

编委会主任：吉狄马加

编　　　委：吉狄马加　　刘　淼　　李少君

　　　　　　王洪波　　　金石开　　胡小红

特 约 编 辑：李　宾　　　董洪良

序　言

北纬 28°：诗酒文化的完美典范

北纬 28°，不仅是泸州的坐标，是长江和沱江的汇集处，而且也是国窖的坐标，更是源远流长的中华诗酒文化的完美契合地。

由泸州以及酒，我们总是会情不自禁地想到历朝历代的优秀诗人曾流连于此。比如唐代最伟大的诗人杜甫在永泰元年（765 年）途经泸州时就写下传诵千古的名篇《泸州纪行》——

自昔泸以负盛名，归途邂逅慰老身。

江山照眼灵气出，古塞城高紫色生。

代有人才探翰墨，我来系缆结诗情。

三杯入口心自愧，枯口无字谢主人。

诗人们以经久传唱的诗歌经典来赞美手中的酒。这不只是时间、土壤、作物和气候赐予的美酒以及关于酒的赞美诗，实际上酒在更大的维度上是中国文人精神和诗人理想的中介物和寄托物，其中蕴含的不只有诗人的个人情感，还有风光物态、文化基因、历史意识以及家国情怀。

自 2017 年起，在国际诗酒文化大会的连年举办下，国内外众多的优秀诗人会聚于北纬 28°。由此，"北纬 28°"不仅成为酒的地标，而且因为其与诗歌文化的有机结合而成为诗酒一体的精神坐标，成为展示诗酒文化的典范。

《诗酒江山》的编辑和出版让我们有机会在整体性的意义上总结国内最具标识意义和辨识度的国际诗酒文化大会的优秀成果。这也印证了这一重要的文化活动不仅已经深入人心、诗心，而且已经具有了广泛而不可替代的国际影响力。

这本以"诗酒文化"为主题的诗歌选本，收录了国内具有代表性的不同代际、不同地区、不同风格的近 200 位诗人的优秀诗作。它们或深沉或激越，它们或慨叹、倾诉或高歌、对谈，它们呈现了彼此交织的悠久的诗酒文化传统在当代语境下的创造性转化。经过语言、经验、情感、智性和想象力的参与，这些优秀的诗人们也一次次把语言酿成了至醇至真的美酒。酒成了无所不能的情感、文化、历史的综合性载体，它消弭了隔膜和距离，因此酒在诗歌世界中成了超越民族、区域、时代的伟大精神共时体。

从生活经验的普遍性需求来说，人总是需要身体和精神的各种刺激物。这时酒作为特殊的液体就发挥了不可替代的作用，对于诗人和文人们来说更是如此。酒是燃烧的液体，也是诗歌的源泉之一。酒是特异的催化剂，诗人不能没有酒神精神，因为这意味着持续的燃烧的创造力和激情，它们孕育灵感、激活想象，一次次开启诗与酒的伟大对话。

我们可以确认，北纬 28°不仅盛产美酒，而且也激活了诗人们不竭的想象力，优秀的甚至伟大的诗篇在这里孕育、成长……

吉狄马加　　国际诗酒文化大会主委会主任、

中国作家协会诗歌委员会主任

2022 年 8 月 17 日写于武汉

目 / 录

泸州的高粱红了

• 阿雅（诗人，中国诗歌学会理事）

泸州的高粱红了，酒的遐想

便有了美的摇曳和归宿

高粱里，阳光、雨水和风

有着最恰当的比例

一寸一寸的时光

滴落酒香，浸泡日常波澜

一粒高粱，朴素地行走

一粒高粱，命运的昭示

一粒高粱，微苦生活的歇脚之处

泸州的高粱红了，酒的遐想

便有了美的摇曳和归宿

一首诗，便有了微醺的结尾

在泸州

● 安琪（"中间代"概念首倡者及代表诗人，
"中国十大女诗人奖"获得者）

在泸州

语言习得了酿酒法，太多的语言

在心头缠绕，久久不去，于是发酵、郁结成味

成诗，再被大屏幕播放出来。文字的语言发光

发亮，朗读的语言南腔、北调，但都一样醉人

在泸州

我用闽南普通话朗读了一首，写给故乡的诗

故乡在千里之外的福建，故乡在漳州，那里

有一个善饮的人，他一生的时光都浸泡酒中

他是我父亲

在泸州，沱江

长江，皆是美酒。幻想我体内，亦有这样的

江水，江水滔滔，如永不枯竭的灵感，供我

舀取，供我挥洒。

龙 泉

● 包苞（陇南市作协副主席、陇南市诗歌学会会长，甘肃省第二、三届"诗歌八骏"之一）

"水经龙泉成佳酿，风过泸州有酒香。"

石头可以作证，二月风暖，

蜡梅会在空气中酿酒，

而十月的金桂，属于醉倒了的梦境。

一株草木，也能把酒量

演绎到极致。

好酒入口，都会自己说话。

酿酒的五谷，是出世的庄稼，

冷却的原浆，是皈依了的流水，

而坐在对面的朋友，才是行走的龙泉。

流水有思想。

一滴参透的水，胜过十场宿醉。

我为你举杯时，一株红枫，

已经在秋风中酩酊大醉。

卜算子·醉后题泸州老窖

● **鲍海涛**（诗人，湖北省中华诗词学会残疾人诗词工作委员会主任）

人未到泸州，已识泸州窖。开启西南二两春，品味乾坤小。

人若到泸州，更识泸州好。知己何妨斗万杯，漫话泸州老。

诗酒泸州吟

● 巴晓芳（中华诗词学会理事，湖北省中华诗词学会秘书长）

中国何时有诗歌，诗经三百咏唱多。楚辞并驾风雅颂，源远流长一条河。

中国何时出好酒，甲骨金文记载有。先民世代酿造勤，仪狄杜康开辟手。

有诗无酒不精神，有酒无诗俗了人。且将美酒洇诗句，酿就千秋诗酒文。

诗以酒力添娇艳，酒借诗魂名传遍。若无斗酒诗百篇，酒肆诗坛颜色减。

从来诗酒两相知，跳出藩篱又新词。何止文章有歌哭，红尘美酒处处诗。

纤夫捧碗歌嘹亮，兰亭醉笔皆神往。三杯能过景阳冈，醉里挑灯宝剑响。

男儿壮别走天涯，畅饮他乡四海家。阖家举杯团圆夜，乡邻把盏话桑麻。

江阳山水得天厚，清酌黄封千年久。禁愁扶醉一开颜，谁人不识泸州酒——

爽净绵甜回味长，麒麟温酒分千觞。少陵举杯言称谢，东坡邀月醉花廊。

郭曲施酿舒氏窖，千村笑醉红高粱。满船馥郁川江水，满城当垆卖酒娘。

二月二，龙抬头；烧头香，出春酒。十坛春酿进封藏，古法新醅凝渊薮。

明朝酒出龙泉洞，甘冽浓香入君口。且将一盏醉江天，绽放人间诗万首。

泸州老窖酒歌

● 曹宇翔（诗人，鲁迅文学奖获得者）

我们躯体里有万千河流

一杯美酒涌入生命，像空旷棋枰

落下月光一子，雪夜庭院

突然住进一个神采奕奕的人

琼浆掀起乐生波涛，内心千里

山川起舞，霞光寂静

好汉过客，久经跌打的人们

这美酒摘下生活各式面具

堂堂正正的人，堂堂正正的美

我们人生里也许都有一片

干旱僻壤，需要用酒来浇灌

心头一面酒旗，哗哗迎风

今日滔滔沱江边与君对饮

持杯凭眺大地，风尘岁月旅途

我们生命的旷野盛开鲜花

对酒俯仰，古今当歌，跃然童心

酒香拂面洗过旧时容颜

三杯过后，焕然一新人生

题锦浪亭

- ［宋］曹叔远（字器远，绍熙元年进士，曾任泸州知州）

泸江东山山更奇，骑鲸飞仙归未归。

桃花千树烂春昼，莫作韩子荒唐讥。

醉咏泸州

• 蔡敏敏（中国诗歌学会会员，海宁诗词学会理事）

忠山西望青盈野，蜀道不孤万里舟。

家国情怀昭日月，浮沉世事度春秋。

河川千古文如虎，烟雨三江客似鸥。

长倚栏杆君莫问，寄身诗酒醉泸州。

纳溪八景之清溪夜月

- ［清］蔡琏（字商尊，号筠斋，康熙年间泸州纳溪知县）

溪水漪漪漾素涛，碧波长浸玉轮高。

美人未许来林下，只任渔郎载钓舠。

南定楼

• ［宋］晁公武（字子止，绍兴年间曾任泸州守）

水接荆门陆控秦，卧龙陈迹久尤新。

剑关驿外青山旧，锦里祠边碧草春。

更筑飞楼瞰泸水，拟将遗恨问洪钧。

南方已定虽饶富，北望中原正惨神。

过陈行之饮

• ［宋］晁公溯（字子西，山东巨野人，曾任眉州刺史）

陈郎见我江阳城，自起唤妇亲庖烹。

殷勤织手为袒割，始饮一杯和且平。

一杯已尽催进酒，平头奴子皆传声。

几州春色入此盅，陈郎调酒如调羹。

我家东床有孙子，亦得从容陪燕喜。

门前有客不速来，笑说今朝动食指。

陶然胸次吞渭泾，入口岂知醨与醇。

从兹剩致百家酒，更可作意呼真真。

我家东床有孙子，亦得从容陪燕喜。

门前有客不速来，笑说今朝动食指。

陶然胸次吞渭泾，入口岂知醨与醇。

从兹剩致百家酒，更可作意呼真真。

青蝙蝠

● 陈先发（安徽省文联主席，鲁迅文学奖获得者）

那些年我们在胸口刺青龙、青蝙蝠，没日没夜地

喝酒。到屠宰厂后门的江堤，看醉醺醺的落日。

江水生了锈地浑浊、浩大，震动心灵

夕光一抹，像上了《锁麟囊》铿锵的油彩。

去死吧，流水；去死吧，世界整肃的秩序。

我们喝着、闹着，等下一个落日平静地降临。它

平静地降临，在运矿石的铁驳船的后面，年复一年

眼睁睁看着我们垮了。我们开始谈到了结局：

谁？第一个随它葬到江底；谁坚守到最后，孤零零地

一个，在江堤上。屠宰厂的后门改作了前门

而我们赞颂流逝的词，再也不敢说出了。

只默默地斟饮，看薄暮的蝙蝠翻飞

等着它把我们彻底地抹去。一个也不剩

独 酌

• 陈人杰（西藏自治区文联副主席，
鲁迅文学奖获得者）

大酒酌红了高原

惊雷过后，一朵彩云

输给了红唇

和天空争夺

剩下来的醉意

酒精携带着突如其来的冰雹

与酣畅的大雨

与古城对饮

● 陈崇正（广州市作家协会副主席，《广州文艺》副社长）

我在你裂开的头骨间行走

像当年我在泸州的大街上闻到酒香

是谁踏歌而来，是谁抿嘴而去

大宋，明清，是谁泪眼相向

我背着长剑行走，和所有人相遇

所有人在我的长剑上行走

和所有的我和牛和星斗相遇

大宋，明清，别过头泪眼相向

然后所有人终于明白历史和哀伤

然后那条死鱼翻了白眼，和我一样的白眼

我知道那样的眼神，像所有的掩饰

那样的眼神，在笙歌中醉过后裙带生香

皑皑白雪，我把长剑插上城楼

当时有些风，像所有的思念

像所有的遗忘，吹吹吹，白雪皑皑

在泸州的街上，同历史的情人泪眼相向

把仅剩的那一把长剑插上城楼

长剑如旗，风雪如泣

纯阳洞

● 陈慧芳（中国作家协会会员，高级记者）

天下第一窖，名不虚传

森严壁垒，像军事禁区

高一脚低一脚的诗人们

一个一个规矩了

在纯阳洞前

诗人们套上了白大褂

像一群医生

手机关了，照相机暂存了

还要在一个球形的东西

像按手印一样，按一按

据说是放静电

穿白大褂的诗人，进洞了

不是来看病的哦

无药可治的诗人

一辈子迷上诗，无药可治

乌黑、笨重的酒缸

像古董，泛着幽暗的光

家乡的水缸小多了

家乡的水缸空了，就挑几担井水满上

成吨的酒缸密封

几十年暗无天日

只是为了几十年的容光焕发

而诗人们，不知不觉走了一个"9"字

这种幽深的途径

胜过跋山涉水

湖边饮酒偶得

• 沉河（出版人，现供职于长江文艺
出版社）

暴雨间，这黑暗有似冬天

记忆中湖对岸的山峦

应如龟

我的酒杯早空

想接一残落之雨水饮

山若有灵

当起身一醉吧

同官梦仙亭祈雨口号

- ［清］陈五典（太湖人，康熙二十三年任泸州知州）

祈神祈佛更祈仙，踏破芒鞋意可怜。

屈指立秋七日后，齐心盟漏廿年前。

密云无雨空穿眼，江水横流不到田。

叮嘱牛郎桥莫驾，银河早泻九重天。

题张莱州（问陶）诗集

• ［清］程鸿诏（字伯敷，号黟农，叙永县同知程式金之子。李鸿章同年，曾查办四川教案）

不讳房帏谑比肩，尽教错认是情禅。

壻乡深有难言处，如此诗人亦可怜。

名士誓为才子妾，山魈偷写史公诗。

先生有句分明在，自道无聊只好奇。

题陈公祠堂

• ［清］储掌文（字曰虞，号越渔，江南宜兴县人，乾隆十一年知纳溪县）

江阳古郡介渝戎，分土长怀守土功。

岂为头衔争小大，剧怜民力困西东。

身沉自信心靡转，尸谏谁云术未工。

三复新都题旧句，悲前愧后思无穷。

都是爱酒的人

- 第广龙（中国石油作协副主席，甘肃"诗歌八骏"之一）

爱星空，爱远方

爱朴素的友谊

爱巷子深处的小酒馆

爱家里下酒的小菜

爱老妻端来的热汤

结交不同的人但自有分寸

有的朋友一场酒就是一生

有的熟人碰过杯不再来往

认识不同的酒

能说出哪里出产的最抓心

喝来喝去

难以割舍的还是老牌子老味道

在亲人的坟头前喝过

在野外队的地窝子里喝过

在云朵上喝过

在老虎的脊背上喝过

轻易不喝多也不喝醉

月在中天，人在窗前

刚喝过酒，喝得刚刚好

泸川

• ［元］丁复（字仲容，早有诗名，五言律诗则追杜甫）

立沙悄悄行人聚，淌水悠悠去鸟双。

回首十年来往路，只添华发照寒江。

渚篱渔网悬秋日，山寺人家起夕烟。

欲共故人评好句，微风吹拂水痕圆。

泸州忠山小集奉和王壬秋山长

• ［清］丁宝桢（字稚璜，光绪二年九月调任四川总督）

三度巡泸卫，初登第一峰。

秋晴犹伏暑，风静不鸣松。

宾主东南盛，杯盘左右从。

万家愁火热，何以变时雍？

管弦乐《国窖1573：酒狂》印象

• 董国政（军旅诗人，曾任《解放军报》理论部主任）

从石头里榨出酥油

在骨骼里点燃火把

我原本没什么依靠，但背负青天

鲲鹏偕行，心如瀚海

现在，世界随我起舞

它那么轻灵，像一根羽毛

我如王者归来，斟满风霜雨雪

我如晨曦前驱，饮下古往今来

我以盾御风，以戟劈浪

在色彩的天空里做女娲的石头

糯红高粱

• 董洪良（中国作家协会会员，泸州市作家协会副主席）

在泸州，一颗种子的骨头

必定有着酒和人世的某种风骨

从未有惶惑，也从来没有

在尘世被蒙蔽和染黑——

哪怕被埋在某地的最深处

种子也有气节、文心和某种血性

比如陶潜、谢灵运，比如李白

杨升庵……他们

像一枚枚雪一样，从天而降

化成一柄刺破纸的尖刀：

直抵一堆野火和钢炭

的属性。而在其各自的身边

炉火煮热煮烫了一壶酒

然后，把骨头也放在上面

不断煎煮和燃烧

直到干净，直到骨头灰白

亮出竹节一样的东西

桓侯庙

• ［清］董新策（字嘉三，合江人，
清初蜀中有名词人）

朱甍碧瓦照江濆，宝座浓香不断薰。

壮气俨存矛丈八，忠魂长恨鼎三分。

祠前刁斗森寒日，峡口灵旗闪暮云。

魏冢吴宫消歇尽，巴中犹祀汉将军。

解闷（选一）

- ［唐］杜甫（字子美，号少陵野老，被誉为"诗圣"）

忆过泸戎摘荔枝，青峰隐映石逶迤。

京中旧见无颜色，红颗酸甜只自知。

南定楼

• ［宋］范成大（字致能，号石湖居士，淳
熙二年权四川制置使）

归艎东下兴悠哉，小住危栏把一杯。

楼下沄沄内江水，明朝同入大江来。

携酒夜登栖霞岭

• 飞廉（《江南诗》编委，苏轼诗歌奖获得者）

他们一口气把酒喝光

他们把空瓶子

摔在映有月光的石头上

这两个被快乐劫持的

穷学生

对着沉寂的群山

挥舞白衬衫

七年前的那个晚上

一下山，我和野平

这两只年轻的苍鹭

就收拢了翅膀

落进西陵桥边的藕花丛

灯 光

● 高兴（诗人，翻译家，博士生导师，享受国务院特殊津贴专家，曾长期担任《世界文学》主编）

灯光过于刺眼

我看不清对面的人

却发现影子从上方飘来

没有面孔，一只微醺的眼

在空气中膨胀，裂变成

五只，十七只，三十九只，六十三只

充满了酒气……在泸州

我醉了，抓住麦克风

开始诗朗诵，一首接一首

还挥舞着手，豪迈的样子

将囚禁在身体里的词语

统统解放，直到帷幕开启

我跌跌撞撞走上舞台

自己给自己颁奖

自己为自己鼓掌

并在突然爆发的烟花中

鞠躬，致意，流泪

高高举起奖杯

观众席上黑压压一片

仿佛人人都头顶着一只气球

但我看不见他们

因为，灯光过于刺眼……

珠岩杂咏（四首）

• ［清］高樀（字剑门，光绪五年
举人，在泸州主讲过鹤山书院）

其一

壁立龙透关，山脉向东走。

题榜如鸾翔，云是钱唐叟。

其二

读书辞故里，岩居避喧闹。

不见唐子西，谁访飞云洞。

其三

东岩日方吐，唤渡三岩脑。

江阔水不波，几点乌篷小。

其四

平沙蓝田市，林杪炊烟碧。

击鼓官舫停，牵缆贾船集。

我在泸州老窖的酒没有白喝

• 高凯（甘肃省文学院副院长，甘肃省作协诗歌创作委员会副主任兼秘书长）

我千里迢迢就是来喝酒的

然后写诗

我用一个酒杯咂住了一个酒瓶

酒杯就像酒瓶的奶嘴

又用一个酒瓶咂住了一个酒窖

酒窖给我的奶嘴就是酒瓶

喝了董事长喝了总经理喝了工程师

喝了在酒厂长大的诗人

结果酒杯倒了酒瓶倒了酒窖没有倒

和我一起来的人也好好的

我在泸州老窖的酒没有白喝

在泸州就已经一肚子诗

走到大海边还是一肚子泸州老窖

我成了一个有海量的人

重游治平寺

• ［清］高楷（字竹园，历官涞水等处知县，以内阁中书还乡）

铃语浮空荡晚烟，时来清境一参禅。
床头书籍高连屋，窗外波涛远接天。
古佛亦遭兵火劫，良朋重结水云缘。
为寻当日留题处，鸿爪匆匆已十年。

酿 造

• 高鹏程（宁波市奉化区文联秘书长、
区作协主席）

酒缸里的酒糟被清理后，酿造还在继续。
老屋内，缭绕着一股若有若无的酒味。

往往是这样，人去楼空后，时间的酿造
才刚刚开始。

就像疼痛过去，悲伤的酿造才刚刚开始
孤独离开，寂寞开始登场。

现在，酒浆的味道，把空无一人的老屋
和一个荒凉的人
与山野融为一体。

更远的山林里，
一枚浆果落进积水的石窠，酿成果酒
让深秋的虫鸣，有了经年的醉意。

竹园弟为苹先侄女画泸州山水于扇因题

• [清]高树（晚清诗人，历官兵部郎中、军机章京、兵部司员、御史、锦州知府等）

江水东经小米滩，橘奴千树点苍峦。

移家不爱城头住，要把浮图隔岸看。

寒食清明三月时，江波翦翦漾晴漪。

扁舟一棹泊何处？上塚珠岩西复西。

滇楚冲衢第一州，市声鼎沸郁生愁。

何如访友坡头望，半抹斜阳海观楼。

和朱玉陔登五峰顶

• 高觐光（字岑荪，号琴僧，主持编纂
民国《泸县志》）

蜀障泸云一扫空，江山依旧入春风。

五峰草木干戈外，万里燕齐指顾中。

秀嶂远涵清酒绿，好花飞上战袍红。

书生自愧无长策，胆气从公杀贼雄。

在泸州三题

● **龚学敏**（四川省文联副主席、四川省作家协会副主席、《星星》诗刊主编）

一

沱江与长江打了个叫作泸州的
英雄结。江风凛凛
我拖着酒刀，在人世间
专找自己的怯懦

封一坛酒，人间便多个念想
提刀的我，用诗在节气中疾行

此生不系泸州花，便是枉然
江水自流
而酒，是我渡自己的船

二

高台饮酒，星星是举杯时溅出

的万般无奈

美女比时光凋零得还快
唯酒的铠甲，可以支撑心中的
正气

已经没人敬天了
我摔碎的酒杯，成为一瓣瓣的
花
替天行道，替怂人壮胆

三

生死两茫茫。唯酒刀可以破雾
在迷惑处，写尽一世快意

一生的酒友

像是我写过的诗歌，短诗
即快饮，虽一盏可见性情

彻夜的饮者，用人生写长诗
至下雪处，不急
一件叫作泸州的厚袍，足以
度余生

夜饮小记

• 孤城（中国作家协会会员，《诗刊》社中国
诗歌网编辑部主任）

犹如垂佑—— 一根灯线下，结三个傻瓜

三个亚光的人

挤在春夜的包厢里，慢慢便动了赴醉之情

蛙鸣未起，笑语鼎沸。高脚玻璃杯里

红色狼毒花开了几度

又谢了几回

——那些空酒瓶腾出的恣肆处，诸如暗地

诸如昏天，诸如枕海的感觉……

渐次滋生

有人盗梦为马

暂时辞退了尘世

有人站在高寒处，临风垂泪

有人躲闪不及

做了虎口震裂，枪挑十一辆铁滑车的高宠——

一条道走到黑

那间乌托邦的小房子，其实，一直空无一人

夜色街头

三个抱醉而散的人

其实一直左右敌不过，那些杀无赦的整肃与清醒

在泸州的雨声中醒来

• 谷禾（《十月》杂志主编助理，曾获第十九届百花文学奖编辑奖等 ）

雨声敲击玻璃，高低顿挫，

像透明的手指在弹奏。

扯开窗帘，看远天云雾缭绕，

苍翠山峦被雨水濯洗，绿意尽染。

近处的花树随风摇曳，从叶子边缘

滚落雨珠的大海。我能想见

才离去的春暮，花儿压枝

江水穿过城区，照出它们绚烂的影子。

微醺的麻雀从颠荡的江水上飞过，

空气也浸润在盛大的酒香里。

扯着雨披的工人脚步匆忙，换上工服，

进入车间，把精选的粮食埋入窖池，

接受时间的发酵，和蒸馏。

从水中热爱火焰的人，酒成为他的魂魄，

在平凡的日子里，迎送悲欢生死。

……这酒哦，我从杯子里凝视过它。

这酒哦，我用挑剔之舌品尝过它。

它以最小的一滴把男儿送上了疆场，

我还知道，征服一个人，最好的办法

就是给他一杯酒，而在酒到达的地方，

更多的人子又站起来，如野草疯长，

——这就是生活伟大的悖论。

而这个早晨，一场突然的雨里，

世界在窗外缓缓移动，我听见麦子、

糯高粱和酒曲的细切喁语。

从巨大车间的内部，更多粮食相互簇拥着，

走上了通向涅槃成酒的大路。

这是涅槃后的永生，像雨水

砸向大地，生出五谷，

也生出入云的窖泥和琼浆玉液。

夜走雁滩

——和阿信、贵锋、晓琦、李越

● **古马**（《诗刊》2020 年度陈子昂诗歌奖年度诗人奖得主）

沿着湖边道路

我们穿行在一座公园里

五年前一个初春的夜晚

也吃了酒，吹风呼哨

相约写诗

湖水中一群红鱼

在灯光中聚集

过萍争食

活在我们的诗里

今夜月亮

像瓜子被抓光嗑尽的瓷盘

又清又亮

低头走路

我们不说天上的事情

小心走好，尽管三九天

青冰已封冻了整个湖面

尽管传说七十多年前

冰封黄河，河面上走着三套马车

但我们年纪越大，越谨慎

生怕醉涉冰湖

冰层突然断裂

……

"我现在真的很讨厌喝醉的人"

谁的女友的心

也是一座冰湖

谁的想象可以大胆越界

但是

但愿黎明飞机搜救到的

不是在冰水里沉浮的

一粒人影

题泸州老窖酒文化之旅（通韵）

• 郭顺敏（诗人，中华诗词学会理事、山东诗词学会常务理事，潍坊诗词学会会长）

一吟老号就微醺，浅啜成酣复敞襟。

高盏满斟唇上句，清溪浸润洞头云。

聚仙池里凭调制，叠翠山中好贮存。

雅客邀来相对饮，皆说泉水有灵根。

光阴之于我犹如酒杯之于嘴唇

● 海男（诗人，鲁迅文学奖获得者）

今天，因为拥有你，这场仪式

使我获得了一只忧伤的黑麋鹿的庆典

在云南广大的旷野，因为拥有你

我的酒杯在星月之下浇铸过了一颗沉醉的心

光阴之于我犹如酒杯之上的嘴唇

言说是那样美，那样忧伤

光阴之于你或我犹如悲悯以后的喜悦

思念摇晃着我们的身体，犹如隔世的光芒来临

在这破晓而出的新一年中，光阴之于我

犹如在澜沧江大峡谷正午的纬度中

歌吟过的阳光；光阴之于你或我

犹如四季辗转出世的酒杯

光阴之于我犹如酒杯之上的嘴唇，

那一滴滴渗入咽喉的琼浆，使我饱受了时光的幸福

履霜操

• ［唐］韩愈（字退之，被尊为"唐宋八大家"之首）

父兮儿寒，母兮儿饥。儿罪当笞，逐儿何为。

儿在中野，以宿以处。四无人声，谁与儿语。

儿寒何衣，儿饥何食。儿行于野，履霜以足。

母生众儿，有母怜之。独无母怜，儿宁不悲。

劝 酒

● 韩东（作家、导演，鲁迅文学奖获得者）

她劝我喝一点酒

屡次说到喝酒的妙处

我知道她经常喝

矢口否认借酒浇愁

我说：酒会乱性

她说她从来不乱

或者不喝也乱

喝酒不为什么

我体会不到

但能想象得出

喝得那么纯粹在她是必然的

拙 溪

- ［清］何锡藩（字少岳，武昌首义将领、辛亥革命功臣）

嵯峨片石傍溪横，字迹模糊苏晕生。

莫道此溪真个拙，能邀名士赐佳名。

泸州绿酒

● 何鲁（字奎垣，将现代数学引入中国的先驱之一）

酷嗜绿豆烧，色艳味复饶。

荔枝犹逊色，涪翁久寂寥。

永宁舟中

- ［明］何景明（字仲默，号白坡，明"文坛四杰"和"前七子"之一）

霜降水还漕，舟中不觉劳。

顺风吹浪疾，乱石下滩高。

渔舫依红蓼，人家住白茅。

乡园待归日，应已熟香醪。

泸州行

● 何思瑶（诗人、舞蹈家）

醉在江阳三日醒：

我早已把自己安置在了船山楼

把宅院移居到三星街

命运可以酣醉在一坛酒里

说什么"城上人家水上城，

酒楼红处一江明"哦

泸州的酒，有着隐忍的销魂

和爱的浓烈与霸道

此刻，一场大醉令我吐出肝胆

伏在酒店的枕上，一个人写返乡诗

但我浑身无力

而呕出的每一个字都带迷人酒香

它是疼的，也是暖的

——像刚刚吻过的爱人

酒器与酒

● 黑陶（青年诗人、散文家，艾青诗歌奖获得者）

暗红。我熟悉

白昼劳动之后

这缕

幽鸣于粗糙木桌上的

酒器的宁静

酒器暗红

父亲

祖父

以及由此上溯的宗谱里的每一个男人

都在麦穗的桌旁

都被这缕黄昏的温情

映亮过疲惫的手掌和额角

晶莹浓郁的液体

沿沉重的日子蜿蜒

流成

一条艰辛的、充满汗血气息的

家族河

鹧鸪天 · 泸州酒城

● **胡占凡**（中国文联副主席、中国电视艺术家协会主席、中国广播电影电视社会组织联合会副会长）

踏遍青山觅酒魂，泸州访到始安心。曲香十里来时路，尽是纯阳洞里人。

龙泉井，吕洞宾[①]，酿得玉液映金樽。两江[②]酩酊蒙眬走，流入长河更醉人。

---

① 史传吕洞宾好酒，曾在泸州纯阳洞修行。纯阳洞几百年做藏酒洞至今，故味美。

② 两江：指长江、沱江，泸州老窖用水均采自长江江心水。

金陵酒肆留别

——李白同名诗新题

● **胡弦**（江苏省作家协会副主席，中国诗歌学会副会长，鲁迅文学奖获得者）

你在跳舞，像蝴蝶。
而有人认为：打赌更有趣。

有人在舞池边打赌，
有人则旋转着，经过骰子、酒、
尖叫……像一团火
碰到什么就烧掉什么。

一只蝴蝶比曲子更轻。
蝴蝶，一个初夏的矛盾体：
身姿轻盈，花纹灼热，一个

寂静内核像它

体内的黑匣子，收集着音乐中
化为灰烬的东西。

风浩荡，所有花纹都已失控，
一只蝴蝶带着旋涡，
掠走了陌生地理里的安宁。

而有人已从那里返回，回到
一个赌局中。曲子像柳花
滑过这酒吧，滑过
手上有伤疤的人，把滞留在他
伤疤里的疼痛提走。

5 4 3

泸州老窖 股份有限公司
第01-22号

保护文物
共建美好城市

醇丰远作坊

Protective range of Chunfengyuan workshop
Xiada Street; South: to Luzao Highway; West: to No.56
North: to bottom of Maus Mountain

四川省文物保护单位
泸州老窖窖池群及酿酒作坊
醇 丰 远 作 坊
四川省人民政府二00七年六月公布
泸州市人民政府立

史应之赞

• ［宋］黄庭坚（字鲁直，"一祖三宗"及
"苏门四学士"之一）

眉山史应之，爱酒而滑稽。

对鄙不肖，醉眼一笑。司马德操，万事但好。

东方戏嘲，惊动汉朝。穷则德操，达则方朔。

天地一壶，不胶者卓。应之老矣，似愚不愚。

江安食不足，江阳酒有余。

龙泉井前

• 黄胜（油画家，策展人，中国南方油画山水画派研究院副秘书长、研究员）

水面映照的天，圆的

太阳和月亮的脸，圆的

期望得到答案的眼睛，圆的

晨曦飘过，一眼眼方形的老窖

发酵的酒气升腾

六百年间，是真汉子谁没醉倒过

龙泉井，阅尽世间沧桑

人生得意，不过是方圆相济的一抹春色

盈盈秋水，如镜

放大了，风中掠过的小鸟

一条江投入另一条江，需要勇气

借酒力，笔下生花，腾云驾雾

但这一次，不是酹江月，不是横槊赋诗

所有涌动，唯涌泉相报

最醇厚。给蒸腾着的高粱、小麦，泼上流泉

百年老窖，轻易不作龙吟

我分明听到了冰与火的对话

致 酒

● 吉狄马加（中国作家协会诗歌委员会主任，国际诗酒文化大会组委会主席）

从不因悲愁而饮酒

那样的酒——

会让火焰与伤口

爬上死亡的楼梯

用酒来为心灵解忧

无色的桌布上

只会有更多的泪痕

我从来就只为欢聚

或许，还有倾诉

才去把杯盏握住

我从不一个人的时候

去品尝醉人的香醇

独有那真正的饮者

能理解什么是分享

我曾看见过牛皮的碗

旋转过众人的双手

既为活人也为死者

没有酒，这个世界

就不会有诗歌和箴言

黑暗与光明将更远

我相信，酒的能力

可消弭时间的距离

能忘掉反面的影子

但也唯有它，我们

最终才能沉落于无限

在浩瀚的天宇里

如同一粒失重的巨石

在把倒立的铁敲响……

沁园春·酒

● 贾春全（中国楹联学会会员，吉林省诗词学会理事）

酿可修心，贮可怡情，醉可忘忧。将杜康智慧，移来窖底；刘伶胆略，引上楼头。但愿神全，不为酒困，谁与同销万古愁。襟怀畅，任浮云荡荡，浩宇悠悠。

而今吟侣相酬，恰举盏临风意正遒。恰醪香泸水，惊呼司马；壶融气象，笑问曹刘。诗意江阳，仙乡巴蜀，醉里乾坤任逗留。真堪羡，有流觞曲水，夫复何求？

酒

● 蒋雪峰（诗人，中国作家协会会员）

比庙堂高　比江湖远

提着我在天上飞　穿着云的衣裳

提着我在山上跑　如狼似虎

最后一滴把我浇灌成仕女

老泪压弯了最粗的枝头

花鸟战战兢兢

我用它磨刀　对自己下手

我身体的破船载着它驶进江湖

无风三尺浪

和亲人反目　与仇敌共建和谐

很多时候我只是一只伺候它的杯子

它溢出的部分是我无力阻挡的洪水

我们像奴隶主和奴隶那样相爱

我的命却长不过它的无边

逃跑太容易了　只是每次自己都提前把桥砍断

而健康这笔路费已经耗完

四十二年后我月白风清

像一片姗姗来迟的茶叶

身轻似燕　与草木为伍　终于漂为水的佐料

游三官祠

- ［清］江国霖（字雨农，号晓帆，曾任广东巡抚）

城南咫尺近仙乡，野草茸茸夹路长。

采药人穿修竹去，晚春天似早秋凉。

树阴垂地云难扫，花气熏帘雨亦香。

丹灶琴台何处问，步虚声断暮山苍。

一斤白酒的自由

● 江非（诗人，海南省作家协会副主席）

托尔斯泰让我上瘾

这个大麻养大的孩子让我上瘾

我的头顶有一只田鼠，田鼠的情话让我上瘾

退休的留声机把自己锁进了一个盒子

盒子里的恶作剧让我上瘾

巴黎的一场大雾让我上瘾

雾中的革命让我上瘾

童星幼儿园门口的李朴一小朋友

你的哭声让我上瘾

但不是，一斤白酒让我上瘾

一斤白酒里赊出来的自由让我偷偷上瘾

对 酒

● **姜念光**（《解放军文艺》原主编，闻一多诗歌奖获得者）

面前的事物如此清澈，丰盈

你是否感到自己的浊重与缺少

那里，多少记忆被秘密隐藏

多少酿制者的面容在其中闪烁

而你仅仅能说出少数的几位

有人种地收谷，有人读书写作

有人在古代一边醉吟，一边仙逝

有人在长街尽头挥手道别

他们一律进入大地的土瓮

一律，被掩进炉光起伏的古国之夜

若不说他们是永恒不朽的

但至少你已面对着醇郁和完满

如果你举起了自己斟出的一杯

就是捉住了时光花冠上不熄的蝴蝶

如果，你敢于一倾而尽

让自己的喉咙试一试匕首，试一试火

那么，你也可以高唱烈马与秋天之歌

并且对胆怯的人说道

你的一生也应该这样

这样，从世界的咽喉间，经过

我与你，与一杯酒

● 蓝蓝（诗人，第十一届全国优秀儿童文学奖获得者）

这是我与你与一杯酒之间的道路

你在桌子的那边

那边正在三月飘雨

一些鲜艳的花瓣

一些没有衣饰的清澈的语言

一些我的影子晃动起来

在你的身后多么阴暗

在你的面前多么明媚

在桌子的这边

你走不出开花的野谷了

我听见桌子传递过去弯曲的乐句

它们低低吹向你

一条通向湖泽的小路

也通向人类的洞穴房屋

以及女人苍白脸上的笑容

从一道门到你

从一杯酒到你

是我要走的道路

譬如一丛白茅草

或一柄锈剑

插在古宅的门环上

某一天早晨你开门

忘却以前全部的人生

在一家昏暗的小酒馆

将我饮尽

酒 歌

● 雷平阳（云南省作家协会副主席，鲁迅文学奖获得者）

丢一个石头，也会打出血来

这是我理解的神。你们

来到云南，但是，朋友们

我不能杀，不能杀瓜招待你们

它们会疼；我设想过

我该不该提一桶江水

给你们洗脸，噢，我还是放弃了

这罪恶的想法，沾上了你们的风尘

它们将不再纯洁；树木都有它们的命

一个异教徒，他曾动员我

拿出心中的斧头，砍些枝条

为你们燃起一堆篝火

可这怎么行呢？古老的法则是

让它们自己老去，臭在寂静

而和谐的山谷……生活在

伟大的云南高原，你们知道

在每一个角落，都有碰到神的可能

石头会叫魂。可爱的酒神

他住在我的隔壁，所以，朋友们

我只能用酒招待你们

让它们，到你们的身体里去

以魂魄的名义，陪你们

泸州旅夜

- ［清］黎兆勋（字伯庸，号树轩，历官鹤峰州判、随州州判等。曾寓泸并留下"典衣买酒"佳话）

浩浩夕波白，泸城初泊船。

市镫动沙岸，月出残霞边。

风涛自吞吐，万顷虚明天。

何处两鸣雁，流音当我前。

洲渚不能宿，高飞入长烟。

感此念人事，因之情渺然。

峨眉山月歌

- ［唐］李白（字太白，号青莲居士，被誉为"诗仙"）

峨眉山月半轮秋，影入平羌江水流。

夜发清溪向三峡，思君不见下渝州。

浪花在此掀起……

● 李少君（一级作家，中国作协《诗刊》社主编）

历史的浪花在此掀起……

长江从青藏高原一泻而下

横冲直撞，至此遭遇神臂铜墙

多少铁骑折戟沉沙于此

多少大轮船未待传奇展开

被巨浪掀翻，惊溅起滔天大浪花

内心的浪花在此掀起……

炎日焰火，绿水柔波

糯红高粱发酵的最高境界是酒

泸香点燃才情，兴酣化豪气

赤酒烧霞处，我也要大笑同一醉

纵马欢歌，踏遍泸州唱响秋月春风

江风吹拂下高谈阔论，指点江山

那些年水陆并进，入蜀出川

总能看到沱江助力长江急急加快流速

青春的浪花在此掀起……

长江岸，沱江边，老桥下

每每排成一队，捡起石头打水花

诗歌的浪花在此掀起啊……

灯火闪烁浪花，时代掀大浪花

我们是时间长江中跳跃的一朵朵小浪花

黎明 摄　/ 107

拥翠楼

• ［宋］李焘（字仁甫，以直宝文阁帅潼川知泸州）

淳熙元年九月尾，菊未落英梅破蕊。

从来两美难必合，今忽得此一笑喜。

人言地瘴物失时，进忌太蚤退苦迟。

老夫亦岂不自觉，姑与饮酒仍赋诗。

忍令芳草直为艾，封植嘉树宁少待。

夕餐九华可无死，却期老岁于吾子。

醉李白

● 李元胜（重庆市作家协会副主席，鲁迅文学奖获得者）

出没于无数山水之间

骑白鹿的可爱流浪人

酒便是你的家

酒是一扇半开半闭的门

后面有什么等着你

你走进去便有了一段传奇

你在酒下面看月亮

月亮中传出的鸟叫遥远而清晰

你喝光长安的酒

醉倒的也只能是长安

而你清醒

清醒得难以忍受

想起水一样流过去的故人们

和你一样爱流浪的故人们

你的剑默默划过夜空

直到今天

还有月光掉下来

抚琴渡

• ［清］李天英（号约庵，永川人。乾隆五十九年至六十年在泸州鹤山书院主讲）

秋来何处采萍花，三尺孤桐伴水涯。

一曲未终霜月皎，儿寒今夜宿谁家。

如果在泸州遇见你

● 李宾（诗人，国窖 1573 研究院副秘书长）

如果在泸州遇见你，

沱江在这里注入长江的怀抱，

不辞千里奔袭，

正如我—— 离乡万里来与你

相知相遇！

如果在泸州遇见你，

报恩塔的春晖，

映衬在朝阳的霞光里，

诉说着那千古传诵的故事！

如果在泸州遇见你，

方山的云霞，巅池的碧水，

还有黑脸观音的送子显灵，

在落日的余晖中，登顶的你成为他人欣赏的风景！

如果在泸州遇见你，
还记得李白诗中所描绘的"夜发清溪向三峡，思君不见下渝州"吗？
美丽的清溪河畔，
留下了我们多少牵手依偎的身影！

如果在泸州遇见你，
忠山青翠，滩平山远，
曾经执子之手，漫步山涧小溪，面对巍巍宝山，滔滔江水，
羞涩地立下那海枯石烂的盟誓！

如果在泸州遇见你，

尧坝古镇巷子里那个撑着油纸伞的小女孩儿，

那个丁香花一样的姑娘！

你还曾记忆？

如果在泸州遇见你，

《履霜操》的琴声，还曾弹起？

5000 年后，抚琴台上，

还依稀响起《诗经》作者那声声凄婉的悲戚！

如果在泸州遇见你，

张坝桂圆林里"旁挺龙目，侧生荔枝"，

不必去纠结"一骑红尘妃子笑"指的是否是泸州的荔枝，

而应该感动——

1000 余年前，唐明皇对于自己心爱的人儿所付出的那份

心意，至今无人能及

如果在泸州遇见你，

神臂城的每一块砖石都在向你诉说，

700 多年前的那一场抗元战争的壮烈史诗，

铸就了"铁打泸州"的精神如斯！

如果在泸州遇见你，

100 余 年前，冯玉祥将军"还我河山"四个大字还依然镌刻

在东岩石壁，

警示了一代又一代的泸州百姓，

民族振兴，勿忘国耻！

如果在泸州遇见你，

去看看那漫山遍野的高粱地吧，

高粱是酒城人最好的酿酒原料，

每年夏秋之际、高粱红了、诗酒唱和、群贤毕至！

如果在泸州遇见你，

一起走进营沟头的国窖酒坊基地，

听国窖班的师傅们，自豪地讲述那传承了 440 余年的酿酒历史

遗憾的是，那时的你是那么地不胜酒力，三杯未尽，只见你

香腮绯红，长发飘起！

如果在泸州遇见你，

邀你去品味纯阳洞中的老酒，

"她比我们的年龄还大"，曾记得我当时对你说，

"酒是有生命的，她更像一位老者，正在祝福和见证一

段永恒的爱情。"

如果在泸州遇见你，

不！没有"如果"，一生庆幸在泸州遇见了你！

这里有美丽的长江、沱江；

这里有国窖酒香，

这里的亲人热情好客，喝酒如喝汤；

这里民风淳朴，

这里惠风和畅，

这里是创业者的战场，

这里有生活家的梦想！

如果在泸州遇见你，

从此不离不弃！

送永宁县许使君

• ［明］李攀龙（字于鳞，号沧溟，历城人，明代"后七子"领袖人物）

邢州十月凋白杨，城头出云垂太行。

把酒相看日欲堕，立马踟蹰大道旁。

问君胡为役万里，小臣罪合投穷荒。

我闻西南罗施国，风气闭塞殊阴阳。

长官椎髻见长吏，海蛮醉鼓橐中装。

男儿贵至二千石，何地不可称龚黄。

壮游须令百粤尽，探奇更得浮沅湘。

永宁自昔无瘴疬，明年雨露生还乡。

那么美好

——参观国窖 1573 老窖池有感

● 李樯（江苏省作协小说委员会副主任，《青春》杂志主编）

隔着玻璃幕墙，我们看到一片
活着的文物
拌糠的汉子一身短打，从时间
的热雾中伸出浑圆的臂膀
摘酒的技师拈花一笑
一群人，默契舞动一把刻刀
碎粮，出甑，拌曲，起运母糟
十二道工序，六十天流程
掐准天干地支里的阴阳五行
最终剔出糯高粱的魂儿
那是一滴透明的液体

是此刻端于手中的一缕浓香
举起酒盅，液体发出醇厚的弧光
那不是此时此刻，不需志得意满
那是一场比任何猖狂与深沉
都更加令人安静、心动的相遇
那么美好
呵我爱这美好，我这一生的状态
无非两种
一种是清醒却不忍割舍诸般眷恋
一种是醉里飞花，贪享快意清欢

泸州夜饮

- **李满强**（中国作家协会会员，曾获甘肃省黄河文学奖等多种奖项）

抵达泸州的时候

天已经黑下来

这峡谷之城，掏出明亮的灯火

而它来自遥远的 1573

这让我心生温暖。几个甘肃人

一个湖北人。围着小摊坐下来

开始推杯换盏。对面的女孩

眼神清澈。她举杯的样子

让我瞬间记起那些体内曾经掠过的风

突然转向的鸟群

而今世事尘埃落定。那一夜

在泸州，我既没有万古之愁

也不愤世嫉俗。那一夜

我只是一尾历尽劫波的鱼

在长江边上，在燃烧的杯盏中

酒 令

● 梁平（中国作家协会诗歌委员会副主任，中国诗歌学会副会长，成都市文联名誉主席）

泸州红高粱的火焰是一个隐喻，

男人的激情和女人的妩媚，

都是液体，而且透明。

1573 在这个隐喻里，比酒更醉人，

谭盾的指挥棒在天空画出绝世的交响，

最美的收势，在国窖。

我肯定在这种透明里含混过，

记不起有没有 1573 次，星星左右，

醒来神清气爽，云淡风轻。

一杯、一壶、一仰脖，

引无数英雄折腰，卸下面具，

在大师植入的旋律里真实地再活一次。

所以以后，无论你身在何处，

举杯邀约波澜壮阔，我拿老窖等你，

跟你痛饮 1573 杯。

城市酒魂

● 梁尔源（中国诗歌学会副会长，湖南省诗歌学会创始会长）

一座有故事的城市

酒必是引子

东南西北拥抱于此

杯争当媒介

提着一条江的壶口

将一座城翻腾出激情

恰似一壶老酒穿肠而过

溢出的酒香能吟唱离骚

古老的街巷

摇晃着斯人的梦境

血性的魂灵

撬开了史书的醉眼

烈焰碰盏觥筹交错

青春正点燃静谧的星星

听，酒吧在奔放苦旅的铿锵

古阁酙满了故典华章

对酌，行令，飞花

畅饮填出新词叠韵

大厦中的摩天抒怀

拥抱着仰天长啸

窖藏沉淀的深厚底蕴

让年份静养出思想火花

封在坛中的天机暂不可泄露

杯子里随时都能吐出一句句格言

当豪迈让男人溢出霸气

浓烈就婀娜着女子的体香

将"水的形状"

溶入"火的性格"

一座城挺起了伟岸的脊梁

气血涌动，经天纬地

那气宇轩昂的步履

惊天地，泣鬼神

江楼晚眺

• ［清］林良佺（字衡公，广东平远人，乾隆五年任泸州知州）

望江闲上望江楼，云水苍茫映暮洲。

野鹭双双归远浦，布帆隐隐出中流。

武侯胜迹忠山外，刺史清风古渡头。

笛韵砧声迷两岸，杜陵多兴却多愁。

北岩寺

- ［明］林俊（字待用，历官四川巡抚、工部尚书、刑部尚书等职）

两川摇抚尚迟留，耳落边声结素愁。

草阁阵旗江郭靖，云移仙盖野堂幽。

时危拊髀思屠狗，日短归心寄饲牛。

忝窃三朝今老惫，驱驰何计足消忧。

云台寺

- ［隋］刘真人（字善庆，绵州人）

竹杖长施别景游，临行十步九回头。

洞中得会真消息，一点灵光身斗牛。

154 / 高文庆 摄

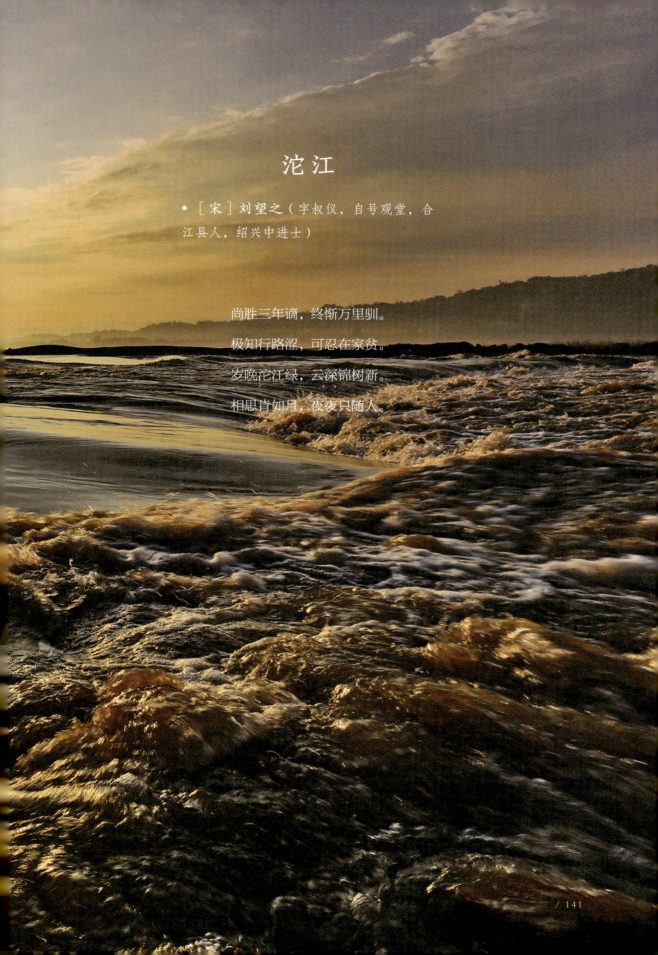

沱 江

- ［宋］刘望之（字叔仪，自号观堂，合江县人，绍兴中进士）

尚胜三年谪，终惭万里驯。

极知行路涩，可忍在家贫。

岁晚沱江绿，云深锦树新。

相思肯如月，夜夜只随人。

泸州登忠山感赋时海南用兵也
二首（选一）

- ［清］刘光第（字裴邨，清末维新派政治家、诗人，"戊戌六君子"之一）

到眼江沱会合绕，登高怀抱转难开。

秋无燕雀嬉堂幕，夜有蛟龙泣凤台。

南海艰危前局在，西山平远古愁来。

武侯遗恨知多少？且向飞楼问老回。

泸州行吟三首

● 刘葆华（诗人，山东楹联家协会理事）

其一

十里风熏醉意长，龙泉引客认江阳。

千重溪水浮舟过，停棹唯缘老窖香。

其二

山清水碧酒为魂，袅绕诗声接白云。

轻掬龙泉香一缕，便教天下醉三分。

其三

沱江水碧接瑶池，笔架山青若酒卮。

停棹泸州人尽醉，半缘老窖半缘诗。

诗酒歌

● **卢象贤**（作家，高级工程师，九江市诗词联学会名誉会长）

　　呜呼，世上万般留不得，能留唯有诗。君不见，秦宫炬生车马署，楚王尸鞭墓掘处，赫赫威风无一丝？昔年紫禁城，今日乌衣巷，白屋小儿漫相追。又不见邓通饿死铜山下，石崇拘身锦帐罢，囹圄蹙愁眉，转恨银钱枉成堆。王霸权豪俱无迹，风流雨打更风吹。硝烟散尽二千载，翻开书卷首页是《关雎》。百代去，天下愈重黄豫章，南北皆忆苏峨眉。浪井犹镌太白句，蜀祠仍留子美碑。呜呼世上万般可无有，不可家无酒。君不见，书未攻完日，家未营完时，翩翩少年忽白首？又不见，槛外长江不住流，天心明月长相守。宁可辜负短褐身，未可辜负哦诗口。渊明耕前漉一巾，太白吟前饮一斗。老窖一何香，天下车往泸州走。诗在左，酒在右。咏者真不灭，饮者真不朽。有梦方有我筵香，有国方有我南亩。谁道书生无一用，锦心化作雷声吼！

南定楼遇急雨

• ［宋］陆游（字务观，号放翁，南宋著名爱国诗人）

行遍梁州到益州，今年又作度泸游。

江山重复争供眼，风雨纵横乱入楼。

人语朱离逢峒獠，棹歌欸乃下吴舟。

天涯住稳归心懒，登览茫然却欲愁。

酒能做什么?

• 陆健（北京广播学院影视艺术学院教授，中国诗歌学会理事）

我们能不能说，酒是伟大的?
和人一样伟大? 有时也要
从人的主体性抽离出来
哪怕抽离一会儿

凡属于自然馈赠的事物都是
伟大的。包括天地万物
包括粮食、水，包括杜康

我们这位酒祖，两千年前的
农民伯伯，一天他去锄地
由于过度投入，把带来的一兜
午饭彻底忘得干脆

天黑他戴月归去。一连数日

那天刚到地头，一股香味袭来
竟是那一兜饭，沿着树干
流下醇香馥郁的透明液体

这液体从此绵延不绝溢向
整个华夏。真是一种好东西啊
品尝后通体舒泰，神清气爽
独饮，对酌，众人同欢，皆宜

这液体流过阮籍的佯狂悲戚
曹操的文韬武略遇见愁容
几杯杜康，就把他的难题
解决了。对影成三人的太白
红泥小火炉边的白居易
关公斩华雄，所以能斩——
他惦记那杯酒呢。吊睛白额猛虎
看见酒后的武松，胆子里
伸出十八个蒜钵大小的拳头

酒能增进友情，激发豪气的

例子我就不说了。多如过江之鲫
酒的治病功用，相信
在座各位均有体会。"醫"字
下半部"酉"作基础
传统的医学不可动摇

酒能推动经济发展，我们不妨
数数《清明上河图》里
酒坊酒肆酒旗的飘扬

沿长江我们看见五粮液茅台
武汉的白云边上海石库门飘香
在这里我必须着重

为泸州为泸州老窖点赞

我和沱江的夕阳一起面色酡红
在这里我想说酒大于诗
而不是诗大于酒。给杜康
十次诺贝尔化学奖都不过分

自然的恩赐与前辈的智慧
合成，合谋酿造了酒
酒啊酒，说不完道不尽的酒
多少赞美都显得不够
我的结论是
酒应该得到充分的尊重

春日同高存东桂定阳奉陪赵老师观风亭漫赋

- ［明］罗太易（万历七年举人，四川乡试第二名，不乐仕途而喜游历）

五峰高插五云中，千里江山眺望雄。

一老襜帷临绝顶，诸生绛帐拥春风。

旌旗兢彩排清宴，箫鼓如雷殷远空。

此地他年传胜事，来游争讶聚星峰。

饮 酒

● 马非（青海省作协副主席，青海人民出版社总编辑）

我想采菊东篱下的陶渊明

当年看到的景致也不外乎

我站在老宅院子里看到的景致

我看到的可能更美

而在返乡当晚的酒桌上

当我的穷亲戚里的一个与另一个

为某某某坐中央

四把还是五把交椅的问题

争得面红耳赤

几欲大打出手时

我想悠然见南山的陶渊明

当年是不是也曾面对过这样的窘境

他的表情如何我不得而知

反正我着实被吓了一跳

还好我是偶来而非长住

此中有真意

欲辨已忘言

我大口喝酒

只求速醉

咏泸州二首

● 马瑞新（烟台市楹联家协会学术评审委员会主任，曾获"齐鲁联坛十秀"称号）

客居泸州

欲近中秋雁字催，月光解意满瑶杯。

泸州有酒三千窖，莫怕乡愁化不开。

泸州情思

清风夜夜送江声，有酒浇怀万虑轻。

一盏春光香到骨，如何不忆小山城。

夜 饮

● 马叙（诗人，中国作家协会会员，浙江省散文学会常务副会长）

多么地暗，多么地黑，零时二十分

我与酒与兄弟并肩而坐，夜是一个更阔大的兄长

他要把情绪与黑暗纠结、揉皱给我看

我们把夜喝得更黑，把人生的一个角落喝热

把女人喝到一旁生闷气

她是一颗星，我们越喝，她越遥远

我们越喝，一颗星变成三颗星

越喝越深，把一个我喝成三个我

第一个空洞，第二个糊涂，第三个悲伤

我手捏这朵悲伤的乌云走在街道上

"兄弟，再喝一次酒。"

——摇晃的大地，这时倍加热爱汉语

谁在烈火中畅饮泸州酒

● 满全（内蒙古作家协会主席，内蒙古文联副主席，内蒙古师范大学蒙古学学院院长）

不必修饰悲伤和喜悦，这一切与古人无关

面对古老的城池

心中总有那些无名的感慨和凄凉

王朝的残音回荡在山水之间

千年如此苍苍，我无法确认

世间的轮回中你我何时重逢

连绵起伏的山脉

那是蜀国的背影，与扬子江号游轮无关

千里长江东逝水，两岸猿声早已消失

谁在烈火中畅饮泸州酒

王朝挽歌如此凄凉，仰首星空

依然绝望无边

穿越时空的那个人或许是我的前世

迷茫的惨痛中举手是一种安慰的姿势

我无法抵挡世间的轮回，一切犹如今夜的江水

悄悄地过来，又悄悄地离去

狂欢的酒

● 芒克（原名姜世伟，朦胧诗人代表之一）

狂欢的酒　　　　　　丑陋无所不在

撒疯的肉　　　　　　邪恶满嘴人话

灯光肥胖

醉态臃肿　　　　　　而人却人话不说

　　　　　　　　　　人话谁听你的

好一堆乱哄哄的脸　　哦，看她看我时的眼神

一个个较着劲儿地比着粗　简直干净得干干净净

听谁骂人骂得狠

看谁比谁更不是人　　好在不包含任何内容

　　　　　　　　　　因此才使我一脸平静

躲也躲不开　　　　　若是她也毫无羞耻

拦也拦不住　　　　　那真难说我是否会被引得心动

泸州：相见欢

• 毛子（《三峡文学》主编，闻一多诗歌奖获得者）

泸州的天空，依然在泸州的上面

但一代又一代的人来过又走了。

从他们之中，我能依稀辨认出

尹吉甫、李白、老杜和苏东坡的影子……

这些孤独的绝对大师

我那不同年代的同类人。

他们在万古愁中饮酒、唱诗、伤别赋。

昨天，在沱江边

通过一瓶泸州老窖

我找到了通往他们的快捷方式

和神仙生活的行动指南。

我们相见欢，痛饮酒，逍遥游

他们飘飘欲仙，而我也不知今夕何夕。

七绝·饮酒感怀（二首）

• 蒙朝文（诗人，中华诗词学会会员，贵州省诗词学会会员）

一

一杯老窖带天香，醉里乾坤细品尝。

非是消愁才借酒，谁家宴乐少飞觞？

二

待客开坛斟月光，一杯老窖识江阳。

酒中泰斗谁能任，除却泸州不久香。

窖中

● 缪克构（上海市作家协会诗歌委员会主任，《新民晚报》总编辑）

饱含太阳的粮食

此刻安静下来了

陶罐里狼奔豕突

都要安静下来

幽怨的月光也要安静下来

绵长的流水也要安静下来

静极！

潮湿的酒菌在舒展着身体

有浓烈的骨骼在咔嚓作响

百媚千娇，是彻骨的寒冷

是一剑封喉，是怒发冲冠

静极！

凌烈的欲望在舞蹈

舌面的舞台恣肆汪洋

情爱的花丛意乱情迷

静极！

一滴成墨，无远弗届

静极！

琴声不息，直至丝弦根根断裂

绝响如银蛇游走

消失在茫茫洞口

从酒吧出来

• **娜夜**（诗人，鲁迅文学奖获得者）

从酒吧出来

我点了一支烟

沿着黄河

一个人

我边走边抽

水向东去

风往北吹

我左脚的错误并没有得到右脚的及时纠正

腰　在飘

我知道

我已经醉了

这一天

我醉得山高水远

忽明忽暗

我以为我还会想起一个人

和其中的宿命

像从前那样

像从前那样伤感　悲凉

但　没有

一个人

边走边抽

我在想——

肉体比思想更诚实！

雨落泸州

• 娜仁琪琪格（一级作家，《诗歌风赏》主编）

雨一直都在下着

细润　轻灵

在泸州行使天职的雨神　是飘逸　温婉　含蓄的

仙女　不是叱咤风云的莽汉

她是获得了某种特许的

不需要司命而动

"说来就来，说走就走"这样的描述并不准确

她从容　淡定　有时只不过稍稍

停顿了一下　像乐章中的一个休止符

雨一直都在下着

这上苍的恩泽

走在与青藏高原的圣雪

相逢的路上

雨落在金沙江　长江

落在沱江　赤水河　永宁河

落在长江与沱江的交汇　相融时

落入了穿越多维的苍茫

雨一直都在下着

落入诗人　音乐家　舞蹈家

酿酒大师的眼眸里　身体上　心魂中

在酝酿着某种情绪　调动着千军万马

空谷的静　幽蓝　抖动着轻盈的翅翼

那深渊中的墨绿　在发酵　在转化

在裂变　在升腾

骤然绽放　喷涌——清冽的　甘醇的

旷世的　迷人的

——天地中　一壶酒　一首诗　一曲乐章

一支舞蹈的交响　在泸州淬炼

浴火重生

雨一直都在下着

落入北纬 28 度的巴南腹地

——古江阳

落入季节的轮回更迭　万物生

劝酒歌：为白夜酒吧而作

• 欧阳江河（原名江河，1956 生于四川泸州，华语文学传媒大奖获得者）

一杯酒已把成都给喝空了，

空杯子，你就拿去喝拉萨。

醉中人递过一份大地的酒单，

茫然不知身在云的酒吧。

从成都到拉萨，星空越来越宁静，

从前世到今生，酒喝光了明月。

拉萨被喝得滴酒不剩，

成都只剩一个白夜。

即使你拿全拉萨的酒和成都碰杯，

酒吧也是空的，美人深夜不归。

多年来，你喝遍天下的葡萄美酒，

却不碰烈酒，因为成都早已烂醉。

喝光了今人的酒，就喝古人的，

杯子摔碎了，就把心掏出来摔。

如果心的碎片是些玻璃，

再好的嗓子也会唱坏。

被唱坏的歌是最动听的歌，

但歌手的心呵，一唱即碎。

今夜，有人在成都弹古琴，

要是换成吉他，拉萨无人入睡。

梅花酒

● 潘维（诗人，曾获柔刚诗歌奖、天问诗人奖）

那年，风调雨顺；那天，瑞雪初降。

一位江南小镇上的湘夫人接见了我。

她说，你的灵魂十分单薄，如残花败柳，

需要一面锦幡引领你上升。

她说：那可以是一片不断凯旋的水，

也允许是一把梳子，用以梳理封建的美。

美，乃为亡国弑君之地，

一弯新月下的臣民只迎送后主的统治。

这些后主们：陈叔宝、李煜、潘维……

皆自愿毁掉人间王朝，以换取汉语修辞。

有一种牺牲，必须配上天命的高贵，

才能踏上浮华、奢靡的绝望之路。

她说这番话时，雪花纷飞，

在一首曲子里相互追逐、吻火。

我清楚，夫人，你曾历遍风月，又铅华洗尽；

你死去多年，人间愈加荒芜：梦中没有狐女，

水的记忆里也没有惊鸿的倒影。

根据一只龙嘴里掉落的绣花鞋，

和一根丝绸褪色的线索，

我找到了你，在清凉之晨，在荒郊野外：

你的坟墓简朴得像初恋的羞涩，

周围的青山绿水渗透了一种下凡的孤独，

在我小心翼翼的目光无法触摸之处，

暗香浮动你姐妹们的名字：苏小小、绿珠、柳如是……

夫人，虽然你抱怨了阴间的月亮、气候，

以及一些风俗和律法，

但唯有你的死亡永远新鲜，不停发育。

从诗经的故乡，夫人，我带来了一瓶梅花酒，

它取自马王堆 1 号汉墓帛画的案几中央，

据说，酿制它的那位画工因此耗尽了魔力，

连姓名也遗失在雪里，融化了。

我问道：是否我们可以暂时放下礼仪，

在这有白玉和金锁保佑的干净里，

在这凤凰灵犀相触的一瞬间，

让我忏悔、迷醉，动用真气，动用爱情。

唯有爱情与美才有资格教育生死。

泸州老窖歌 ①

• 潘伯鹰（号兔公、却曲翁等，安徽安庆人，现代书法家、诗人、小说家）

温筱泉年七十三，行丈议会同席也，民国十三年相别，今乃重晤。其家自清初酿酒，为泸州第一。遣其公子曲先以四瓶赠行丈，余于席间数与之接，爱之，作诗。

儒林丈人尊章先，携我远游泸水边。

温家老窖三百年，泸州大曲天下传。

绛封小罐绳绕缠，老翁遣子送丈前。

丈人酌我辨圣贤，清空声滴珍珠圆。

妙香如禅鼻孔穿，翁与丈人感物迁。

云台旧议犹烽烟，廿秋契阔万里悬。

一尊宁意重周旋，世间何者非桑田？

且复置此谋醉眠，翁家藏醅称酒泉。

与翁比味难随肩，兼交令子相接连。

拱揖坡老邀斜川，举杯谢丈饮得仙。

云安曲米今几钱？戎州重碧徒垂涎。

如泥合在江阳筵，泊门安用东吴船！

丈人毋赋归来篇，还觞扣翁然不然？

---

① 原诗题并序较长，诗题系编者所加。

醉人酿酒

● 冉冉（重庆市作家协会主席，中国作协全委会委员）

醉人埋下头低声嘟囔——

"我没有醉，只是在酿酒……"

他将手伸进虚拟的泥土，

十根手指呀，隐去了骨头，

指甲也变得酥松。时光濡湿，

无沙柔软的泥土由黄变乌，

由乌黑而灰白直至五彩斑斓——

百年好酒千年窖，

起糟，续糟，蒸酒，封窖……

他在想象中驱遣调醅，

像一位运筹帷幄的大将。

他欢腾的指尖呀触到了

代代赓续的黏湿老窖泥——在其中

兴旺的微生物家族滋生醇香。

年年岁岁，高粱和小麦

以欢爱的别名涌入体内，可耗费了

那么多时光也没能酿出些许酒香。

这是他自责且羞愧的理由，

也是他继续贪杯的理由。

待何时，一个个哑光大酒坛，

才能列布在他的藏酒洞——

横数九百九十九坛，

竖数也是九百九十九坛？

当封泥揭开，舀出澄澈的酒液，

酒花均匀细密，如精美刺绣？

眼皮太沉，嗓子也太干，

醉人摇晃着脑袋兀自申明——

"我没有迷糊，只是在酿酒。"

手在空中摸索，他口里迸出

形形色色的辞藻。一个醉人

可以用世间万物酿造，苦痛

是酒料，记忆和梦幻也不例外。

漫长的生是酒料，涅槃时是酒；

静默的煤是酒料，燃烧时是酒；

躺平的大海是酒料，翻滚叫嚣时是酒……

酿酒师就是造心师——

他先造出实物的心，再造出它们的魂。

这不是幻觉

这些窖池方形矩形，

被细腻的黄泥所封印，

沉睡，似烧制陶瓷的窑炉。

若打开窖皮泥起糟摊晾，

刺激的酒糟味会让人眩晕。

那窖皮泥可不是寻常黄泥，

是庇佑生命的硕大帽子。

糟料也不是糠壳酒曲加黍麦，

而是被催眠发酵过的言语。

真实不虚的只有香气，一阵

又一阵，牵引贪婪的鼻息。

当他将手指伸向"帽子"，

轻轻按压，就是一个凹陷。

被催眠过的轻言软语，多像

被调教的高粱、小麦和黄米。

高低升降的声调，轻重缓急的

发音，曲尽其致的韵律……

要听懂它们，一生远远不够。

醉生梦死的人，

执迷奔赴香源的人。

每一次醉生，他都想脱掉

无明的胎，每一次梦死

他都想更换愚顽的骨。

游安乐山

• ［宋］任伋（字师中，眉州人。宋仁宗庆历进士，神宗熙宁年间知泸州）

安乐溪上峰，万木森翠羽。

孤撑切天心，横拓压坤股。

气势西吞夷，光芒南定楚。

云泉出石窦，淋漓洒玉宇。

烟萝缠林梢，摇曳垂翠组。

书汉侍中守尚书令董公墓

• ［明］阮时升（明万历二十六年任泸州知州）

功著两朝存故里，人亡千载只孤坟，

山河未改生前旧，禾黍今瞻陇下耘，

遗冢有墓犹识姓，荐萍无主独悲君，

遥知英爽依然在，欲挽炎精日已曛。

某日喝泸州老窖畅想

● 荣荣（浙江省作家协会副主席，鲁迅文学奖获得者）

一个凡俗的男子，小酒量，却敞亮喝酒。

一个凡俗的女子，小情怀，却敞亮喝酒。

"灵魂的相逢万里挑一。"这太难了，

好在有酒，洗去风尘的阻隔。

好在有酒囊，置换一胸腔的悲郁，

允许一杯杯的泸州老窖去反复充盈

快脱掉你坚硬的外壳和荒凉的外衣，

再脱去肉体，与我相认。

顺便认出人间的高粱、江水和月光，

与天地抱个满怀，与我抱个满怀。

然后向酒里认出两颗心，在还是不在。

然后在酒高处安纯粹的家，将悲伤挤出门去。

这多让人愉快，当清醇的酒液是时光之镜，

两个人的纯粹是一杯酒与另一杯酒。

这多让人愉快，嘴角上翘52度，

一杯杯的泸州老窖。一万里的你与我。

酒

● 尚仲敏（"非非诗派"重要诗人，获首届草堂年度诗人奖、第七届天问诗人奖、第四届昌耀诗歌奖等）

我们相互触及，就近唇边

一口一口地啜饮

在凄凉的遗忘中壮大自己

并且得到宽慰

不再孤立地歌唱

匮乏岁月里滔滔奔流着的酒

在眼前奇异地变幻着的酒

比我们还要飘浮不定

这杂种，天天灌溉我们，一遍又一遍

由于无事可干

遍地都是我们的人

但我们曾经来自多么遥远

无论谁来规劝

饮者都将撇下彼此而去

杯盏落地令人心碎

清脆的响声，或许是出于一时的盛怒

焦躁的心灵何时安眠？

尽管万物都期待着我们去察觉它们

但它们却一致地不谈论我们的事情

还有花朵，只为自身而隐秘地怒放

那就让我们暂且蒙蔽自己的命运

从冬到秋，从夜晚到夜晚

一杯紧接一杯，吞咽下

这唯一能出入内心的苦口良药

有多少英雄的没落从酒开始

在李白的充满激情的诗章里

酒就是汹涌的源泉

轰鸣的形象，永恒的场所

就是最后的血染红的

唱歌的玫瑰

而在一切琐屑的梦幻之上

酒后的死亡

将无比轻松地鼓翼飞翔

泸州诗酒行

● 邵红霞（诗人，中华诗词学会理事，吉林省诗词学会副会长）

人生得意何所有？腹内诗书杯中酒。川南精酿今已熟，几番邀约莫负友。相逢皆因平仄缘，君子之交情谊厚。诗酒长伴年复年，鬻马拔钗亦陶然。君不见，豪逸当推李谪仙，一斗钓出诗百篇。击节高唱《将进酒》，邀月对影舞翩跹。君不见，庭院深深深几许，酒意诗情易安女。晚来风急动愁肠，瘦损黄花和酒煮。君不见，把酒问天苏东坡，坎坷平生雨一蓑。淘尽英雄醉江月，胸胆开张定风波。玉壶冰心宝筵开，绿蚁欢伯曲秀才。知己何拒三百盏，有朋不吝远方来。老窖传袭越千春，古席今宴飨贵宾。情至深浓须吟咏，有酒无诗俗了人。水有源，树有根，国粹传承代代启后昆。劝君品咂其中味，爽烈纯正铿锵气韵融入华夏民族魂！

诉于国宝窖池

● **邵悦**（中国诗歌学会理事，中国煤矿作家协会副秘书长）

形容词苍白，且无力

非语言、人工所为，赖于天时

你从大明万历年间走过来

蒸馏一身水汽，观，听，嗅，尝

唤醒天上，人间，也感召神灵

微生物一再演变。你在自己的

国度，修度成王者至尊

浓烈，豁达——

把生灵划分香型、度数和品位

女儿红，男儿醇，一盏定乾坤

四季呈祥，松鹤飞起延年

亘古一窖，早已脱世，脱俗

所有赞美诗，赴于一江春水东流

长江与沱江交汇的激荡

成就了水，成就了火，成就了粮

成就了窖池，成就了土地，成就了江河

成就了酒神，成就了诗仙，成就了灵肉

我们尽兴聚，不醉不归

半江瑟瑟红晕，半江悠悠绵甜

尾净香长，五百年风生水起

无人能考证，李白到过几次

天府之国，醉过几盏千年一抹红

一串数字，无法叠加你的酒龄

1573 是起点，也是结点

粮食来自土地，在泥土里发酵

烈火源于胸膛，在豪情中燃烧

烧制，酿造，提纯，万物归依自然

多少家国恨、万古愁

化作一朵醉云，漂在大江之上

1573

● 沈苇（诗人，教授，鲁迅文学奖获得者）

1573，明万历元年

狝猴造酒的僰人被灭

卡拉瓦乔出生，武田信玄去世

张居正规劝神宗皇帝

贵五谷，施仁义，结民心

马尼拉帆船开启三大洲贸易

敦促白银与丝绸、瓷器象征交换

1573，巴蜀红糯高粱找到第一口窖池

长江和沱江带来青藏高原原始的力

泥巴变成黄金窖泥的长征开始了

陶坛呼吸，酒菌低吟

泥巴呼风唤雨，采集天地精气

泥巴世世相传，生生不息

泥巴，从 1573 来到 2020

1573，东方酒神登上新祭台

派遣温酒麒麟穿越到今朝

千岁祥兽，思接仪狄，视通万里

披戴青铜、火焰和酒的悖论

声震如雷，不伤草木鸟兽

只为，与尔同销万古愁

舟次巴县泸州徐使君先行赴任诗以送之

• ［清］盛锦（字廷坚，一字青嵝，《晚晴簃诗汇》评其"不屑于科名仕宦，平生游踪遍于南北"）

竹马纷纷拥使君，同舟咫尺怅离群。

悬知后夜江津泊，一种啼猿两处闻。

酒杯空空如也

● 树才（诗人、翻译家，文学博士，
法国"教育骑士"勋章获得者）

酒啊酒在哪里拿酒来

杯中酒干了我们就各自回家

空空的大街会送你的

空空的天上你说除了星星还有什么

什么你说天上还有几位神仙

那准是一群摇摇晃晃的酒鬼

他们会醉倒在回家的路上

以为空空的大街就是家

过安乐山闻山上木叶有文如道士篆符云此山乃张道陵所寓二首（选一）

• ［宋］苏轼（字子瞻，豪放派词人主要代表，唐宋八大家之一）

天师化去知何在？玉印相传世共珍。

故国子孙今尚死，满山秋叶岂能神。

薄薄酒

• ［清］苏启元（晚清诗人，泸州"三苏"之"老苏"，曾任陕西略阳县知县）

薄薄酒，饮满瓯。

醺醺醉，万事休。

人生谪意耳，

何苦富贵求？

入庙鸡为牺，

贪饵鱼上钩。

口必饫，五鼎食。

身必被，千腋裘。

麒麟在野遭猎获，

何如空山麋鹿游。

秋风萧萧叹黄天，

何如牵犊饮上流。

糟糠之妻可白头，

女美多贻彤管羞。

不羡公与侯，

但愿安锄耰。

八口无饥百不忧，

酒虽薄，薄心悠悠。

泸州月光，酒一样醉人

• 孙思（中国诗歌学会理事，上海作协理事，《上海诗人》常务副主编）

泸州的月光，从明朝起

就如同酒一样醉人

月光下，每一位饮酒者

亦是叙述者，他们的温度来自酒

灵感取之于酒

瞬间的震颤和荡漾

衍化出的斑斓，有人称之为诗

有人称之为散文，甚或小说的构架

酒是诗人写作的出发地

它发酵蒸馏的过程，与写诗过程雷同

就连留白，跟诗也如出一辙

譬如李白，没有酒

他会陷入思想贫弱

想象力匮乏，甚至可能处于

精神失血境地

更何来绝句

饮 酒

● 孙烽（字绮琴，与温翰桢、李鸿产、陈铸、万慎、李春潭等结社唱和）

机巧竞相胜，百川日东之。

拘泥者谁子，太息黄农时。

运会适迁变，我辰逢今兹。

旬日异气候，古方反狐疑。

大化不可执，中心要有持。

丰城泄剑气，落落生英姿。

女宝玉芝草，男耀琼树枝。

风云自来去，能者无所奇。

报施不屑道，何留姓名为？

鳞爪偶然露，神龙焉可羁？

泸州记

● **汤养宗**（福建省作家协会副主席，鲁迅文学奖获得者）

天地有顺从，比如两江要走到一起

便是还俗的和尚脱下了袈裟

在泸州，沱江与长江交汇处

我再一次被自己弄哭，为有一个未出发的身体

永远百感交集，永远不投靠，永远不交给流水

题泸川县城楼

- ［宋］唐庚（字子西，被称为"小东坡"）

百斤黄鲈脍玉，万户赤酒流霞。

余甘渡头客艇，荔枝林下人家。

时间之花

——写给泸州老窖

● **唐力**（中国作家协会会员，重庆文学院专业作家）

花朵在流动，这些时间之花

从 1573 年启程

经过秘密的隧道，抵达现在

——那古老又新鲜的端口，仿佛是

时间的码头

绽放为液态之花

在一瞬间，带来了它们自身

该怎样来描绘它们？用词语？

用语言的花朵？

一位技艺娴熟的工匠——

站在它们面前

早已了然于心，成竹在胸

他是另外的诗人，将它们一一命名

如同赋予万物的名字——

大清花：大如黄豆

清亮透明，沉醉中的一抹清醒

是晶莹的玉石

是古往今来的一片冰心

必须纳入怀中，小心收藏

小清花：小如绿豆

像繁密的星星

点缀在记忆的星空

照亮我们永久的孤独

云花：小如米粒

一层层，记忆相互重叠

就如同时间与时间，亲密无间……

那位看花摘酒的

卓越的匠人

那位摘取时间之花的匠人——

摘取了花的芳香、甘洌

摘取了花的醇厚、清爽、绵柔……

但我只看到他的背影

坚定、沉实，他的手臂

起伏、挥动，那时间的精魂

在空中自由地舞蹈——

仿佛在生动诠释："时间就是生命

而生命就寄予在我们心中……"

请赐我一坛老酒

● **田湘**（广西作协副主席、诗歌委员会主任，广西民族大学名誉教授）

请赐我一坛老酒，不要别的

就要——泸州老窖 1573

哦太老了，我祖上一定喝过

他是酒仙，他的子孙也是酒仙

到了我，不见了酒坛和酒

据说神把它封存在古老的酒窖里

可我身体里已植入酒的基因

我仍能在空气中闻到浓浓的酒香

哦太久远了，我怕那坛酒已挥发掉

若真如此，那就赐我一个空坛吧

我要捧着空坛，并幻想它的酒香

高粱红了

• 涂拥（中国作家协会会员，泸州市作家协会副主席）

老了才开始红

我为自己缓慢的成长感到羞愧

只好从滚滚长江中撤出

退回永兴村，成为一粒高粱

这样我就有了十万亩

被阳光晒红的乡亲

大家都在红，如果我再躲着不红

那多不好意思

一起享受北纬 28 度江风

将日子结成果实

我也该收起剑拔弩张

忘掉短暂扬花抽穗

就这样红下去，一直到老

再老也老不过青山，更别提长江

将头低下来告别天空

纵然肉身熄灭

还有泸州老窖火焰，替我

照亮人间悲欢，邀请明月清风

泸 州

• ［元］汪元量（宋末元初爱国诗人、词
人、宫廷琴师）

复作泸州去，轻舟疾复徐。

峡深藏虎豹，谷暗隐樵渔。

西望青羌远，南瞻白帝迂。

晴岚侵簟枕，寒露湿衣裾。

野沼荷将尽，山园荔已疏。

长官相见后，置酒斫鲸鱼。

在泸州，万物皆与酒有关

● 王若冰（天水市作协副主席，甘肃文学院特约评论家）

在泸州，除了迷恋一杯酒　　　　用古老的酒香

点燃的内心的火焰　　　　　　　点燃江岸边低矮屋檐下

还有什么能让我面对　　　　　　以酒为伴的万家灯火

徘徊在绿棕树上的晨光　　　　　纯阳洞的酒窖也一样

闪烁在酒杯上的午夜　　　　　　时光的脚步让前途变得幽暗

双脚踟蹰不前　　　　　　　　　让酒缸上的酒菌

梦呓与酒香同枕共眠呢　　　　　讲述一滴水到一滴酒的路程时

长江和沱江的涛声　　　　　　　也让我一夜之间步履蹒跚

让川江号子的唉歇之声　　　　　满头白发

晨起渡江登五峰山过北岩寺

• ［清］王士禛（原名王士禛，字子真，与朱彝
尊并称"南朱北王"）

江郭绕烟合，携琴来五峰。

水容清滑笋，山态碧玲珑。

云树孤城外，风帆小市东。

香林回望好，下界一空蒙。

泸 州

● 王自亮（浙江工商大学公共管理学院副院长，浙江大学兼职教授）

一切都回不去了。无须回去：
整座城市倒映在水里，
水带走城市每个瞬间。
有人在长江边打牌，旁若无人，
七棵树下喝茶，洞察世情。
当我跳上一辆网约车，
说不清白塔、百年钟楼的位置，
又问他：东门口在何处？
回答很干脆：同一个地方。
甚好甚妙！世界出于同一个原点。
我找到了白塔却听到江声，
折返钟楼时，经过黄金店：
人流物流信息流，饮食流，语言流，

我干脆久立路旁，毅然去吃
白糕，叫了一份"猪儿粑"，
这时"辣"是我的向往。
下午返回住处，另一司机说：
"客人，你该去张坝桂圆林，
或画稿溪。"我听成瓦格西，
其实我另有打算：抗元名城神臂城。
一场什么样的战争？大举抵抗
入侵者，却被时间暗中摧毁。
铁打泸城：既坚韧，又坚忍；
龙桥下的水流正是时间的形象。
水的哭泣与酒的欢乐惊人相似——
都饱含了温柔的力量。

饮酒或挽歌

● 王十二（中华诗词学会会员，安徽省诗词学会理事，池州市秋浦诗社社长）

江水潦草，帆影拼凑了一块墓志铭

国籍，楚；信仰，浪漫主义；主张，美政

喜好，香草美人；特长，写诗、饮酒

浪花和泡沫不倦地拍打，作为注释

它请求抹掉冗长而世俗的定义

觥中琼浆，倒映了一张悲怆的脸庞

蜂蜜、花椒、桂花，调配了楚人饮酒的嗜好

不论喝了多少盏酒，你依然比城墙上的旌旗

还要清醒，这个国家变幻不定的命运

柑橘熟了，故乡的枝头缀满酸甜的灯盏
屈子，那些不谙世事的橘子啊
多像你的叹息，冰冷且枯寂，无人安慰

美酒需反复酝酿，图议国事的宴会上
众人皆醉，你却用枯槁的身体为笔
给后人写了一首殉国的挽歌

窗外闪电在鸣不平，汉语的匕首
划破了禁锢的舌头，离祖国越来越远
而你的语言，却越来越精确和纯净

在江边喝酒

● 王单单（中国作家协会会员，2016—2017 年首都师范大学驻校诗人）

古人说的话，我不信

江水清不清，月亮都是白的

这样的夜晚，浪涛拍击被缚的旧船

江风吹着渔火，晃荡如心事

这一次，兄弟我有言在先

只许喝酒，不准流泪

谁先喊出命中的疼，罚酒一杯

兄弟你应该知道，回不去了

所有的老去都在一夜之间

兄弟你只管喝，不言钱少

酒家打烊前，整条船

都是我们的，包括

这船上的寂静，以及我们

一次又一次深陷的沉默

兄弟你知道，天亮后

带着伤痕，我们就要各奔东西

兄弟你看看，这盘中

完整的鱼骨，至死

都摆出一副自由的架势

谢任泸州师中寄荔枝

- ［宋］文同（字与可，擅诗文书画，世人称"文湖州"）

有客来山中，云附泸南信。

开门得君书，欢喜失鄙吝。

笤交包荔子，四角俱封印。

童稚瞥闻之，群来立如阵。

竞言此佳果，生眼不识认。

相前求拆观，颗颗红且润。

众手攫之去，争夺递追趁。

贪多乃为得，廉耻曾不论。

喧闹俄顷间，咀嚼一时尽。

空余皮与核，狼藉入煨烬。

泸州大将

- ［宋］文天祥（字宋瑞，宋末爱国诗人，抗元名臣）

西南失大将，带甲满天地。

高人忧祸胎，感叹复歔欷。

秋 兰

● 温筱泉（字翰祯，泸州老窖酒传统酿制
技艺第十五代传承人，"酒城三圣"之一）

散策觅秋兰，风来香始觉。

南崖有隐居，花开始盈握。

托身本高旷，久已忘清浊。

不甘为世娱，幽僻生墙角。

无心上台阶，当门恐践辱。

七夕南定楼饮同官

- ［宋］魏了翁（字华父，号鹤山，嘉定年间知泸州。官至端明殿学士。）

谁将明星贴天宇，州国宫垣象官府。

更将四七随天旋，常以昏中殷四序。

迢迢河汉衡秋旻，前有苍龙履玄武。

牵牛正向西南来，左右两旗北河鼓。

鼓星之侧为天桴，鼓上三星为织女。

何年人号天女孙，便把牛郎拟夫妇。

不知此是天关梁，河汉之津有常度。

晦明伏见莫非教，肯为文人给嘲侮。

班曹庾谢犹訾言，世上儿曹更堪数。

临风三诵大东诗，须信词章有今古。

在泸州

• 吴少东（安徽省当代诗歌研究会会长，合肥市作家协会副主席）

相遇泸州
不分外省人。
出川入川者
顺江而下，或逆流而上
多在此推杯换盏。
一席贪欢，忘却了
蜀道难，归途远

曾在清溪畔摆下春宴
胡豆花香扑杀我。
晚风吹散半天星，
一颗星子一杯酒
我把泸州作庐州。
喝倒一坛又一坛
哪分他乡与故乡

面对溪水思见君，

唯对皓月碧波饮。
杯中隐约山和水
四百年窖藏魂与魄。
眼含雾气伊人远
你侬我侬今何在！
十一省流经长江水
九曲回肠分我神

这些年啊，一程程
长途奔波山水迢，
多少美景良辰错过了。
罢罢罢，来来来，
不去多想，陪我一樽！
今宵沉醉月为盏，
明朝归舟酒做流。
川滇黔渝交集地
飘香中国一酒坛

泸州书院祀魏鹤山

- ［清］吴省钦（字冲之，乾隆年间任四川学政使并视学泸州）

昔我憩临邛，华浦招青瀚。

西望白鹤山，蒲江隔河汉。

低徊楼上头，香主失香瓣。

每恐两曾参，点易并一案。

竭来江洛交，遗爱访书院。

治改祠亦迁，政成史乃赞。

厘然兴教养，余力逮宁战。

所疑理学儒，宗支昧条贯。

既涉苔人嫌，本异张录窜。

因循冒他姓，此狱待谁断。

谤腾伪君子，时事足三叹。

与君坐论古，矫首笑搴幔。

九阓列阶前，一江抢城畔。

远峰无主名，改题戒诬谰。

少岷缘大岷，讵必接崖栈。

如人族望同，千里可竭赞。

当公领郡年，山色为公献。

及我按郡时，山名自我唤。

得名不在仙，薄采溪毛奠。

应有缟衣人，蹁跹下沙沇。

泸 州

· ［清］吴振棫（字仲云，号毅甫，历官四川布政使、巡抚，署云贵总督）

列岸千廛水万艘，泸南都会亦雄豪。

江鸣晓郭波初合，山入诸蛮势渐高。

灯下吟虫何唧唧，天边归雁正劳劳。

食鱼漫说西湖好，亦有香羹下浊醪。

泸州之夜

● 吴小虫（中国作家协会会员，巴金文学院签约作家）

我写过酒，写过梦和失败的爱情

一而再再而三地来到泸州之夜

并不清楚那夜色中蕴含什么

总是使我迷醉，江水滔滔环绕

像是轻轻拍了拍沾满尘土的肩膀

而你站直了一定不要被生活打倒

冬天马上来临，时间之蜜黏稠

记得空心人在酒城乐园大门旁

是另外的人，在你对面坐下

打开一瓶 1573 开启另外的河流

而今汩汩细流偶然飞溅，你感恩于

陌生的赐予是其百炼成金千淘万洗

在这泸州之夜，无须照耀的月光

众流汇聚融入并再次分散

泸州酒馆

● 吴素贞（中国作家协会会员，江西省
作协诗歌专委会主任）

酒馆小院的墙角，三角梅爬出妖娆的姿势
一朵朵花，正透着酒后的薰红

我们刚到这里，细胞便透出猛虎般的细嗅
原来，每个人的身体都藏着一只兽
每只兽都会在特定的地方苏醒

我爱这里
酒瓶咔嚓，像壁钟吃掉时间的声音
我爱这里
酒杯叮当
像你叫我三角梅、猛虎、时间、壁钟

也许只有这么多的称呼，才符合
这里的温度；只有这么多的语言才让我蹦出
虎一样的温柔

像清晨刚刚醒来，三角梅爬出妖娆的姿势
像壁钟吃掉时间，我们慢慢生出的温柔

诗

● [魏晋] 无名氏

川崖惟平，其稼多黍。旨酒嘉谷，可以养父。

野惟阜丘，彼稷多有。嘉谷旨酒，可以养母。

惟月孟春，獭祭彼崖。永言孝思，享祀孔嘉。

彼黍既洁，彼仪既泽。蒸命良辰，祖考来格。

日月明明，亦惟其史。谁能长生，不朽难获。

惟德实实，富贵何常。我思古人，令问令望。

饮酒十四行

● 西渡（清华大学教授，曾获刘丽安诗歌奖）

我喝过比啤酒还苦的酒，

我爱过比命运还难爱的女人，

为什么我看见青春的背影，

像秋日田野里一场烧过的野火？

同样的日子，同样的酒，

去年的司酒人，今年已隔着重洋；

隔海的祝福？谁听得懂那些

流过海底电缆的异国的发音呢？

我属于秋天，这是我出生的日子，

跟谁去争论：为什么属于这个季节

而不是另一个季节？

那么我愿把你托付给谁？

今天生日酒杯里你媚人的笑靥，

在明年是另一个远方的影子。

咏之江

- ［唐］先汪（合江县人，唐贞元中举神童，任合江县令）

之江如练舞长空，一色水天相映红。

安得仙人施妙法，世间无水不朝东。

中秋夜，独在泸州饮酒

• **谢克强**（曾任湖北省作家协会副主席、《长江文艺》副主编、《中国诗歌》执行主编）

独坐暮色深处

风从黄昏的意绪中飘来

没人与我对坐

我便邀月举一轮银盏

很想唱一支歌

让欢乐和酒溢满杯子

待我邀明月碰杯

谁把离愁浸在泸州老窖里

很是抒情

月光在杯中闪耀

耀得我的眼睛有些晕眩

思想和语言呢

莫非也在一种晕眩中

消失

劈头浇下

然后抿紧嘴唇

抿紧悠悠五千年的沉重

不等酒杯歪在向晚的桌上

酒气早在风里弥漫

灵魂　骤与酒气飘荡

真怕醉在殷殷望乡的时候

凉了脚心

走不出茫茫孤寂

春行泸川

• 〔明〕熊相（字尚弼，明武宗正德十三年任四川按察使）

满树花如雪，江头三月天。

马船高似屋，豸角静如禅。

澄清惭此水，期待负当年。

瘴雨千山里，思家闻杜鹃。

题君祥北岩

- ［宋］许沆（泸川人，官太常少卿）

北岩古名胜，风木盘诘曲。

万象并徙倚，一见无留瞩。

我归访乡旧，世事嗟反复。

羡君北亩宫，绕窗艺松竹。

吟哦翠微裹，缥缈如翔鹄。

浩浩阅沧波，俯仰媚幽独。

传家有令子，何止粲兰玉。

高卧恐未能，鸣驺行入谷。

泸川古意

● ［明］薛瑄（字德温，明代河东学派的创始人，世称"薛河东"）

三蜀古多郡，泸川古名州。

我来值残暑，偶此数日留。

新秋忽改节，凉风渐飕飗。

逍遥散前除，仰视天宇周。

征鸟去不息，白云亦悠悠。

佳人渺何许，重林蔽层丘。

秋日复西迈，大江自东流。

良辰不我与，古道旷莫酬。

愿闻瑶华音，行关旋吾辀。

酒

• **哑石**（诗人，任职西南财经大学数学系，曾获苏轼诗歌奖）

现在我们说说酒

这古老的神秘液体弹拨、邀请

饮下它　你就是酣畅摇曳的

青草　忘记了愚蠢、喑哑、噬心之恨

由此窥见诸多世界的新貌

但你说：一个就够了　够了！

现在我们说说人

总是太多　房屋没完没了地建

还是有人默默流亡

又太少　似乎永不能满足

尘土那不动声色的博爱、怜悯

……现在来说说那

怜悯的温度计中循环不息的霜降吧

这必然涉及荒漠、清泉

炊烟及星宿　涉及

一个人的黑暗和粗粝的光明

"我不愿说出……"甚至

你连一棵幼树的阴影都不愿说出！

肥鸭在爽阔河滩上呱呱叫

一副幸福的样子

但我想：你和它差不多

微风四溢时　你更空幻　更审慎。

海 观

- ［宋］阎苍舒（字才元，阆中人，淳熙年间曾任宗正少卿，并兼国史院编修官）

泸南之阳大江东，二水奔腾如海冲。

谁能具此壮观眼，南定楼中今卧龙。

国窖 1573

● **杨克**（中国作家协会主席团委员，中国诗歌学会会长）

蒸馏的新酒，散发

高粱窖香的绵甜

从牛尾巴流出

一滴接一滴

哆、唆、西、咪

悦耳的音符

滴进

盛酒的坛瓮

筷子敲打酒杯

哆、唆、西、咪

音阶高高低低

在血管里流一脉琴弦

酣畅淋漓一泻到底

穿喉入胃，身体如行板

心跳和脉搏加速

哆、唆、西、咪

快马奔腾，人仿佛飞起来了

三两好友小酌，如此快活

身心放松而欢愉高歌

饮酒如饮泉喝江吞湖灌海

雨打竹林鬼哭狼嚎

酒圣、酒神、酒仙

从明朝万历年

到 21 世纪新时代

酒徒、酒鬼、酒腻子

液体的火焰烧天热地

山河鼎沸不过胸中块垒

诗酒人生 1573

哆、唆、西、咪回旋咏叹

步步高

送黄仲秉少卿知泸州

• ［宋］杨万里（字廷秀，号诚斋，"中兴四大诗人"之一）

补外公何幸，求归我尚留。还为万里别，又费半生愁。

安得欹黄帽，相从却白头。醉中有话在，欲说忘来休。

一些像爱情的东西

• **杨黎**（"非非"代表诗人之一，曾与于坚、李亚伟、韩东等开创第三代诗歌运动）

2003 年开始这些天

我们天天喝酒

就在我们楼下喝

一直喝到醉了为止

喝醉了

我就回家睡觉

刚刚睡着

我又喝了起来

只不过这次

换了些人

也换了地点

合江泛舟

• ［宋］杨甲（四川遂宁人，地理学家、文学家）

莫踏街头尘，宁饮城东水。

江头放船去，苇间问渔子。

岸深鱼有家，凫雁在中沚。

得酒可以歌，得树可以舣。

风波无前期，游者亦如此。

短篙兴时策，远山醉时几。

我老不奈醒，日落西风起。

泸州老窖

● 杨献平（四川省作协创作研究室主任，首届朱自清文学奖散文奖获得者）

居然是 1573！那是在北方

故乡的酒局。冷，想着被温暖

北风屋里，刚坐下，有人拿出泸州老窖

还是 1573。我惊异，眼睛瞪大，不自觉起身

去看。开瓶、拧盖

闻了闻。哎呀，真的，再倒出来一杯

先干。哦豁，真的

吧嗒下嘴唇，再卷起舌头

浓香如蜜，香。那一晚我们醉在了拒马河边

在泸州：一滴水

• 杨角（中国作家协会会员，宜宾市作协主席）

从泸州到明朝，要经过

400 多场风雪，146000 多家窖池

才能将一滴水送到 21 世纪

这滴水，我在最初的石钟乳上见过

先是一轮弦月，后是一轮半月

最后是一轮满月

它在最丰满的时候，坠入深渊

就是这一次坠落使它

成了酒，和一首诗的源头

从此我迷恋上阳光

看清了一滴水在人间的形状

它先是一片火，在大地上蔓延

灼伤过我们的喉咙

后来是黄金，熔化后

在夕阳下荡漾

只有当节日或远方的朋友

来到泸州，我们将手中

杯子，碰作栏杆

它才是一条流水汤汤的大河

北纬 28° 的香（节选）

● 杨建仁（中国作家协会会员，供职于甘肃省文化和旅游厅）

一滴浓香

飘洒了 440 多年

依旧保持着绽放的姿态

清澈甘醇　馥郁绵厚

啜一口　提神怡情　浑身通透

疲倦的灵魂也站立起来

这里是集万千宠爱

呵护出的一座独一无二的

中国酒城

也是圣山神水万般眷顾

吟诵出的一座风姿绰约的

中国诗城

步入这块厚重而辽远的大地

一股热气腾腾的芳香

扑面而来　令人沉醉

而荡漾在每个人脸上的喜悦

像跳动的音符

打捞着诗意的生活

咏荔枝

• ［明］杨慎（字用修，曾流寓泸州十余年，被誉为"明代第一才子"）

萍实楚江浮赤日，桃花秦洞灿红霞。

试将海内芳蕤数，敢并江阳荔子夸。

云液留香凝重锦，冰丸映肉卷轻纱。

美人钗股双双缀，肯掷潘郎满钿车？

酒 歌

● 叶延滨（中国作家协会全国委员会委员，曾任《星星》《诗刊》主编）

我悄悄地溜入你的喉咙

从你的胸腔

到每根血管

把你从你的躯壳赶出来

那才是——你！

你激动你疯狂你哭你号

你像救火车般鸣叫

让你明白了

诗人并不神秘

啊，你闭紧嘴巴

你怕我让你变成笑柄

好吧，你就闭紧嘴

像一只密封的酒瓶

让你灼烫的血久久酿造

血中浸泡的心不老啊

你就算是瓶陈年老窖

纵沉默百年孤狂百年

总有一天要燃烧起来！

我的朋友莫用我

陪你的寂寞浇你的忧愁

带着我踏上风雪征途

我会点燃你的好歌喉……

授勋仪式

● 叶丹（中国作家协会会员，曾参加《诗刊》
社第 36 届青春诗会）

姑父在世的时候，某年春节

送给爷爷两瓶"泸州老窖特曲"，

还说这酒产自长江上游的四川

泸州，是中国最好的白酒，

爷爷舍不得喝，一直将酒藏在

红薯窖里，每当提起姑父

他就会说起那两瓶泸州产的酒，

虽然他从未到过泸州，哪怕

是四川，虽然他不知道长江

何其悠长。前年，爷爷唯一

一次去姑姑远嫁之地的皖北

看望病重的姑父，回来的路上

路过长江大桥，我告诉他

那就是长江，中国最长的河，

爷爷说，好酒都携带着土地和

粮食的记忆，地窖里那两瓶酒，

它们的回忆就完全来自这条河的

上游。如果逆着大江上去，

就可以到达泸州，那儿

水和粮食一定很好，是酒的殿堂。

此时，夕光从车窗斜照在他

胸前，仿佛因酒劲而西沉的落日

也愿为他嗜酒的一生授勋。

在北纬 28 度

• 叶玉琳（中国诗歌学会常务理事，福建省作家协会副主席，宁德市文联主席）

在北纬 28 度写诗

但谁能写得过长江

写得过舌尖上的星辰

一杯高粱酒给自己壮胆

泸州的雨夜开始发光发热

仿佛置身大地上的火把节

沿夜郎古道，看唐蒙出关

酿秦汉大曲，寻江阳屯兵

历史的悲欢总是在不断交织

在不断发酵中醇化

最后随风蒸腾，了然于胸

而百草酿酒的诸葛亮

正与李白杜甫隔空唱和

春秋祠，奉先贤

量舟几载酒

与天地同酿

与人间共生

大地深处

再次传来淬火的歌声

老窖池重生如婴孩

却又丰饶如母亲

她眉间聚拢光华

用美酒蘸满笔墨

一笔一画写下

杯酒中的华夏

浓香里的中国

春夜微醺

● 叶丽隽（浙江省作协第九届委员会主席团委员，"中国天水·李杜诗歌奖"获得者）

我已然自卑，所以没人再来斥责我

可是喝着喝着，就多了，就踉跄着，露出了尾巴

狐狸啊，獾猪啊

纷纷拱出身体的丛林。既然血已沸腾

既然你们宽容地回应——

我的兄长，我的姐妹

拥抱你，亲吻你，我全无障碍，轻盈又欢喜

路

● 野渡（国际诗酒文化大会组委会秘书长）

一条世界上最险峻美丽的路

一端连着神秘的大凉山

那里，有你牵挂的家飞驰

在这条陌生而熟悉的公路

满眼是崇山峻岭

覆盖着原始的绿

陌生，因第二次行进

熟悉，因曾心里无数次穿越

每当你回家往来于这条路

脑海总会浮现

沿途美丽的风景

心里

就会祈祷你一路平安

大曲酒

• 阴骘德（字仑表，川南师范学堂训育
主任，《泸县志》协修）

三百年来老窖遗，瓮头春色助敲诗。
一从党与关怀后，国际蜚声胜昔时。

诗经·大雅·韩奕

- ［周代］尹吉甫（《诗经》主要采集者，被后世尊称为"中华诗祖"）

奕奕梁山，维禹甸之，有倬其道。韩侯受命，

王亲命之：缵戎祖考，无废朕命。夙夜匪解，

虔共尔位，朕命不易。榦不庭方，以佐戎辟。

四牡奕奕，孔脩且张。韩侯入觐，以其介圭，

入觐于王。王锡韩侯，淑旂绥章；簟茀错衡，

玄衮赤舄，钩膺镂锡，鞹鞃浅幭，鞗革金厄。

韩侯出祖，出宿于屠。显父饯之，清酒百壶。

其肴维何？炰鳖鲜鱼。其蔌维何？维笋及蒲。

其赠维何？乘马路车。笾豆有且。侯氏燕胥。

韩侯取妻，汾王之甥，蹶父之子。韩侯迎止，
于蹶之里。百两彭彭，八鸾锵锵，不显其光！
诸娣从之，祁祁如云。韩侯顾之，烂其盈门。

蹶父孔武，靡国不到。为韩姞相攸，莫如韩乐。
孔乐韩土：川泽訏訏；鲂鱮甫甫；麀鹿噳噳；
有熊有罴，有猫有虎。庆既令居，韩姞燕誉。

溥彼韩城，燕师所完。以先祖受命，因时百蛮。
王锡韩侯：其追其貊。奄受北国，因以其伯。
实墉实壑，实亩实藉。献其貔皮，赤豹黄罴。

读曾少岷集用前韵

• ［明］游朴（字太初，万历二年进士）

不从黄鼎试丹余，早向江阳赋索居。

回首万牛争叹惋，师心易说独分疏。

横戈虎穴功难赏，掩袂蛾眉恨未摅。

数十年来天已定，九原可作御公车。

饮酒行

● 于坚（诗人，鲁迅文学奖获得者）

君不见长安沉没渭水黑　　世界啊　我厌倦了你的大合唱

君不见玻璃大厦高齐天　　你的窟窿　你的灰尘　你的固若金汤

君不见可口可乐滚忘川　　今夜　提着空酒瓶飘向夏天留在高架桥下的水洼

君不见杜甫成笑柄　　我要去投奔液体的神

屈原再投江

　　　　　　　　　君不见天翻地覆海水干

白发三千丈　　故乡不可见

何处是彼岸　　只有酒依然

还是那一缸　　　　　　　　载我回大唐

醉得了黄金时代的灵魂

醉得了黑暗王国的鬼魅　　　回到那黑暗的酒窖

也醉得了千秋万代的过客　　秘藏的故园

不需高阳酒徒来邀我　　　　飘着五谷香

闻酒人即仙

　　　　　　　　　　　　　电梯间里的瘦狮子

上帝死了　李白　　　　　　写字楼中的小矮人

你才是最后的监护人　　　　迷雾里的纸灯笼

　　　　　　　　　　　　　暂别满场的胁肩谄笑阳奉阴违

一饮千秋近　　　　　　　　回我古道热肠

长风一万里　　　　　　　　君不见光明磊落唯有杯中物

君不见把盏临风我堂堂

期期艾艾　总算伸出了舌头

踉踉跄跄　把你们全部吐掉

天堂不可去

美酒在人间

大道朝东我向西

一杯就是国王

燃烧的肝　飞翔的胆

沉醉的领土有一打好汉

有一座水泊梁山

君不见醉舟已过山万重

君不见我翻身跃马向江南

君不见浅草才能没马蹄

君不见乱花渐迷诗人眼

君不见左渊明右东坡吾辈携手提壶向南山

扑掉满脸的尘埃

对镜　我有唐朝的脸

对月　我有李白的心

我的生命已经离座

我在杯中庆祝复活

朋友　我爱你们

敌人　现在我们可以洗手

踌躇满志的大王呵

我要啐你一脸口水

为最后一排的妈妈干杯！

一轮李白月

照亮千古心

谁谓太白只独酌

长江滚滚酒深深

君不见葡萄美酒夜光杯

杯中自古出真人

君不见满街珠光宝气拜物狂

穷途末路阮籍伤

肥酒一杯神即还！

探泸州老窖纯阳洞

● 余笑忠（诗人，电台主持人，获第二届
中国年度诗歌奖）

洞中酒坛如俑。太安静了

默不作声的都显得神秘

集体的沉默……更神秘

大大小小的坛子，长满了酒苔

旧苔如尘泥，新苔如霜

除此之外，没有任何东西

可以生长

空气中静电过剩，处处都是

看不见的如刺的针尖，以维护

出世的缄默，宗教般的净化

这里不允许余怒未消，不允许

跌跌撞撞

坛子上的编号，一一对应着

不在场的神秘订户

他们长远的寄托 有千金一掷

的豪情，也仿佛

受命于一道密令

泸州辞

● 余真（中国作家协会会员，陈子昂诗歌奖获得者）

泸州城灯火通明，夜幕下

川江像挂果的小树

卖花的女人戴着方格子头巾

她的轮廓模糊，语调温柔

还有人在藤椅上喝茶

无聊地对弈。还有人赤膊

喝酒，满嘴流油，汗如

山体滑坡。还有人陈旧地

活着，在节日许下朴素的

心愿。还有人作诗，尽管它

不能易物。也不能解决

一家老小的温饱。有人还在

为追求者间的抉择而痛苦

而有人已经挥别了人间的秩序

我只有有限的生命，有限

的爱。我戏剧化的人生

只能以一两个城市作为图腾

我只有个别的朋友会让我

醉得不留遗憾，我只有一个人

愿意舍身成为一个小小的句点

排律·泸州老窖歌

（中华通韵）

● 雨林（中华诗词学会理事，山东诗词学会常务理事，全国企业文化合作组织首批专家委员）

一脉二十三代传，郭公怀玉启鸿篇。
承宗技法出佳酿，大曲营商肇旺年。
老窖名驰龙虎榜，活文物驻李桃颜。
世人盛赞浓香正，鼻祖应推泸酒先。
北纬二八尊泰斗，西南四季占时缘。
泸州树帜辉三角，春岸沿江秀百圈。
酒借城名能奋翼，城凭酒业可昂天。
人才高地积雄势，精益思维赖俊贤。
真艺般般当继缵，匠心代代作深研。
生香发酵层层考，勾兑尝评道道关。
配料稳操升降舵，蒸馏提取雪涛尖。
续糟制就甘醇曲，酯化浑成美丽泉。
幽雅中平添细腻，绵柔里自带微甜。
温和气质消炎暑，厚道精神御冻寒。
清冽储存胸腹内，余香留在齿唇边。
江阳湿润水源广，硬度相宜矿物全。

由是指标居上等，必得酒品入超凡。
高粱只在川南取，红糯须标绿色签。
岁岁栽培生态土，家家选种有机田。
五峰山里藏清梦，三洞穴旁绕碧湾。
为使佳醪成至味，每将新酿贮陶坛。
寻微解惑求真相，问讯察知更信然。
地窖艺粮曲水洞，色香形味特精专。
资源独揽七优势，国宝犹摘双桂冠。
老字号承金字诺，拿云手攥牧云鞭。
三条曲线开新纪，五款香醇佐美餐。
利润噌噌朝上涨，市值霍霍向高攀。
塑魂战略修宏志，筑梦工程下大单。
漫漫征程不停步，沉沉使命未歇肩。
千秋事业同心力，九域河山共月圆。
端坐呼来国窖酒，倾杯学做酒中仙。
恰逢建党百年庆，分韵题襟奏管弦。

过泸江亭

- ［宋］虞允文（字彬甫，以采石矶大捷闻名，谥忠肃）

映水林峦影颠倒，济川舟楫势峥嵘。

东行万里欲乘兴，更待一篙春水生。

谢书巢赠宣和泸石砚

• ［元］虞集（字伯生，"元儒四家"
及"元诗四家"之一）

巢翁新得泸州砚，拂拭尘埃送老樵。

毁璧复完知故物，沉沙俄出认前朝。

毫翻夜雨天垂藻，墨泛春冰夜应潮。

恐召相如今草檄，为怀诸葛渡军遥。

茴香酒丛书

• 臧棣（北京大学中文系教授，鲁迅文学奖获得者）

我不能就这么草率地回答你——

假如你问的是，你这次在伊斯坦布尔

最大的收获是什么？

因为我正在喝茴香酒。有大杯子时，

我在喝茴香酒。杯子变小时，

我依然在喝茴香酒。没有杯子，

没有酒瓶时，我还是有办法能喝到茴香酒。

马尔马拉海边的北京时间，

我喝茴香酒是因为我想戒掉

我的纯洁的恐惧，戒掉时间的错误，

戒掉你的音讯全无，戒掉我的本能的警惕，

直至戒掉我的深刻。我必须喝得

再慢一点。慢，但是不代表

刺激不到位。猛烈的记忆，

据推测，诗的友谊也想像它一样

拥有一个神奇的配方。将肉桂、丁香、薄荷

混入蜂蜜、甘菊、柠檬，似乎不需要

太多的想象力，所有的配料均取自

当地丰饶的物产。在蒸馏过程中，

酿造者发现，任何事物，想要完美的话，

只能从改变比重入手。他庆幸自己的哲学严谨于

每个人最终都会受到口味的启发。

所以，饮用它时，我是出生在北京的埃及人，

此后，以一小时为间隔，

我分别是出生在北京的意大利人、希腊人、

土耳其人、西班牙人和法国人。

我的胃口好得就仿佛它还是一种药酒。

醇酒的故乡在哪里？

• 扎西才让（中国作家协会会员，甘肃省"诗歌八骏"之一）

利箭的故乡在哪里？你看，在那高耸的悬崖上。
岩羊的肉质细又嫩，那儿，是这支利箭的故乡。

子弹的故乡在哪里？你看，在那巍峨的山岭上。
野牛的皮毛黑又亮，那儿，是这粒子弹的故乡。

醇酒的故乡在哪里？你看，在那深情的秋田上。
青稞的穗头紫又沉，那儿，就是醇酒的故乡。

我醉，你不喝

● 翟永明（中坤国际诗歌奖、华语文学传媒大奖杰出作家奖获得者）

杯子如约而来时

你不醉　那谁肯

握住一个险恶的旋涡？

还有它的必然？

我所看到的突然的微笑

那么小　那么聪明

是因为我埋在醉里

所有的酒精都怕我

因此夜晚　最值得

蹈入险境　去取走醉里的

化学反应　比熟悉我的

香水品牌　你还熟悉

我偷走的每一道目光

突然我慢慢变红

而你也变得更蓝

如果不是乙醇　那就得

是一个伤口

它们补充你被不醉

轻轻吸走的功力

爱如同酒

有人闻它　有人饮

它才存在　它才滴滴见血

才让人心痛　才会在醉里

相信某个人的怪念头

现在我要它像个生命

而不只是生活的附件

我用什么来养它？

药物，食物？

我不愿等待的后果

已开始鼓掌

终究要变成红人了

零点五寸高的酒就要见底了

你不喝，我醉得更快

歌颂面糟①

● **詹永祥**（泸州市作协常务理事，《泸州作家》执行主编）

酿酒作坊空地上，总是堆积着

热气腾腾的酒糟

懒懒晒着秋天的太阳

这些使用过的粮食，蒸煮后的高粱

再也滴不出酒来

像牛挤光奶，羊剪掉毛

满头大汗，累得一动不动

随意躺在地下休息

只有身上残留的度数和香气

表明这些残渣，刚送走一瓶好酒

又送掉自己的灵魂

拿出身体里最温暖的部分

去温暖别人，不惜承受生离死别

现在这种品德不多了

但我从没见过干杯的人歌颂酒糟

就像喝牛奶的人很少向牛感恩

穿羊毛衫的人

总忘记赞美一只绵羊

---

① 指酿酒时去掉窖池糟醅最上层的酒糟，行业俗称"丢糟"。

大观台晚眺同曾少岷太守、杨升庵太史、朱莺山少参、熊南墩董豸屏二进士

• ［明］张佳胤（字肖甫、肖夫，明兵部尚书，"嘉靖后五子"之一）

长夏登高暑气消，野云斜日眺孤城。

窗中下见千山尽，杯底平铺二水明。

天地烽烟堪倚剑，楼台歌吹杂流莺。

凌风授简聊同赋，笛里梅花何处声。

宝山春眺

• ［清］张士浩（陕西泾阳人，附监生。曾任
泸州知州）

春草遍春畦，江高春树低。

邀人看绿水，载酒听黄鹂。

琴鹤且将老，簿书不用携。

政闲眠醉处，逸兴在城西。

泸 州

• ［清］张问陶（字仲冶，被誉为清代
"蜀中诗人之冠"）

一

城下人家水上城，酒楼红处一江明。

衔杯却爱泸州好，十指寒香给客橙。

二

旃檀风过一船香，处处楼台架石梁。

小李将军金碧画，零星摹出古江阳。

三

滩平山远人潇洒，酒绿灯红水蔚蓝。

只少风帆三五叠，更余何处让江南。

泸州渡江时乙卯秋

- ［清］张之洞（字孝达，号香涛，晚清"四大名臣"之一）

夔府荆门据上游，鱼龙白日狎高秋。

三吴不见楼船下，辜负长江竹箭流。

七律·酒城泸州

• 张孟云（诗人，资深媒体人、策划人，重庆诗词学会会员）

满城随处气氤氲，佳酿飘香远近闻。

一盏芳樽涵秀色，数声笑语吐清芬。

浮生百炼诗和酒，世路千年水与云。

万里流觞奔大海，天涯明月共微醺。

窖 藏

• 张常美（第十七届华文青年奖获得者）

在无数逆旅、歧途、绝境之外，应该

有一条快意之路

在残羹冷炙日复一日的消磨中

应该有过一壶蚀骨销魂的酒

不然，哪能有这样的一瞬——

这长长的叹息，宛如一条河流滚滚而来

自酒气洗过的肝胆。自

一口深处的，蕴藏着无数秘密的窖

晓泊泸州

- ［清］张问安（字悦祖，号亥白，与张问陶并称"二张"）

忠山西望翠屏横，丞相祠堂列绣楹。

冬冷鼋鼍依涧伏，江空雕鹗出云晴。

人来远溯资官水，霜后全收给客橙。

何日使君岩下屟，摩崖重勒旧题名。

水调歌头·泸州老窖

● 张伟超（诗人，中华诗词学会会员）

来借生花笔，勾绘蜀中醇。风华占断甲榜，香彻古今春。更借珠峰冰雪，唤醒杜康魂魄，贮久长精神。曾约临邛客，邀取谪仙人。　双国宝，三古窖，四海宾。一觞一咏畅叙，雅韵瓮头新。天要樽前人物，忘却驱驰岁月，饮罢见天真。持此江阳酒，许我醉风尘。

醉卧录

• 张二棍（中国作家协会会员）

云彩在动，向南。周遭有风，往北
我卧在青石上，后背沁凉，面颊温暖
白桦树的顶端已泛黄，一丛沙棘
却从地下抽出几枚嫩芽
高处和低处总是不一样。造物主
也有倦怠，也有模棱两可的时光
如我，总是不胜酒力，总是一次次
和自己说干了，干了。并把灌醉自己
当成今天全部的意义。如果我醉了
远方的人，你将看见
大地倾斜，天空踉跄，一只鹰

收紧铁青的利爪，把我扔下山崖的
那块肉，带回巢穴。你还将目睹
一个人站起来，摔杯为号，发动
万千草木，篡夺了落日所有的意义
他站在细长的阴影边，像是
站在自己的暮年里。他把脚下的
一方青石，称为幽州台。而四周的蟋蟀们
正从微不足道的身体里，高一声
低一声地唤出亘古的腔调。每一声
都不倦怠，都很清晰
都像是喊谁的魂

国窖抒怀

• 张晓雪（河南省作协副主席，河南省诗歌学会副会长，《莽原》杂志执行主编）

玉玺其外，时间和蛮力

败给了其中的酒。

自我放逐的人从贪杯开始。

一杯饮下了透明的岑寂，

另一杯，饮下了白云、晓风

和谷底的僻静。第三杯不再说话，

万有归于深陷。

玉玺其外，辅以水、空气

和十万亩高粱。洞见多孔，

面壁破壁，它用了四百多年。

而弯曲、平缓、陡峭则是它的秘密。

当长风掠过酝酿之河，

一个殷实的山坡拖动了新世界。

玉玺其外，酒是心灵的一部分。

碰杯之前，赋、比、兴像是早就写好的，

且契合了我们自身的需求。

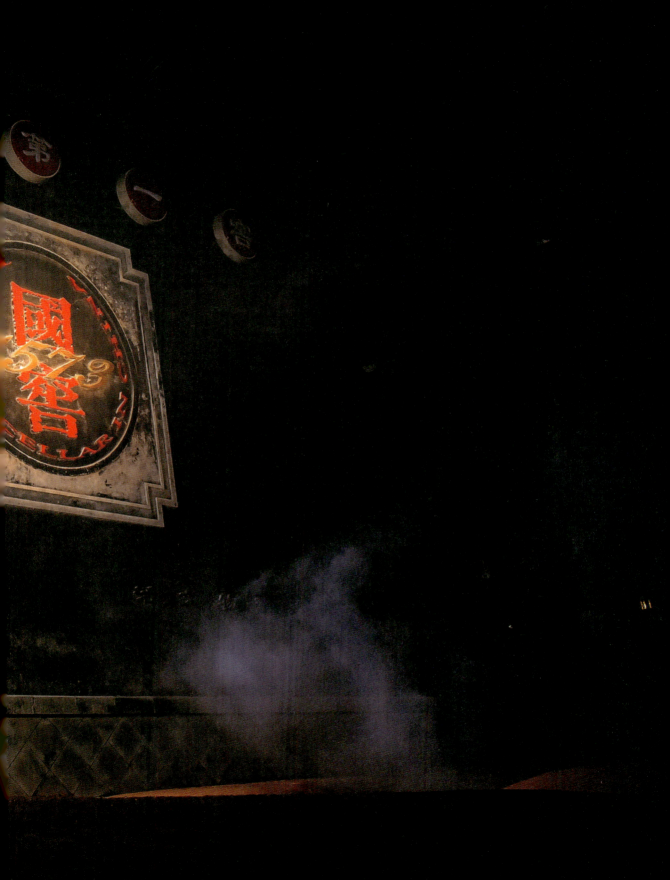

尹公祠

- ［明］张一甲（石屏州人，明朝叙兵备道副使）

我观穆清庙，穆然有余思，

云谁清以穆，古臣周太师，

功著周之京，家起泸之湄。

乃文乃武烈，有物有则诗。

安攘兴王运，式穀本身贻。

忠臣生孝子，霜操岂痴儿。

世变几沧桑，芳懿在鼎彝。

名贤今复起，汶川庶不移。

花间一壶酒

• 张永波（中国作家协会会员，大庆市作家协会副主席）

生活太浮躁，只好去喝酒

最好痛饮一杯泸州老窖——

花间一壶酒，喝得简单

喊出的，一定都是豪言壮语

杯中埋下诚挚的种子

预留的香，在彼此间发芽

人与人之间

就是一杯的距离——

尘世中，不舍的纠葛

总是被这窖藏的香气灌醉

在一首诗里留下

自己的觉醒

酩酊大醉一次，也算作

一份成人礼

痛饮一杯吧，挺起来的脊梁

从此再也不肯弯曲

风雨来了，去闯一闯，或者

就此烂掉潦倒的一生

白塔朝霞

• ［清］张士浩（陕西泾阳人，附监生。选授
山西潞城知县，曾任泸州知州）

宝塔凌青汉，飞霞拄碧巅。

晶辉摛蜀锦，绮丽劈涛笺。

楼角江光逼，城腰曙景连。

长干窥物外，陟彼兴翛然。

答筱泉并谢见赠旧窖名酒

• 章士钊（字行严，今湖南省长沙市人，全国知名学者、民主人士、作家、教育家和政治活动家）

秋风又拂古泸阳，重问高人水一方。

闲与傅眉成诵读，老如姚鼐好文章。

早年佩服名难及，乱代经过谊可忘？

名酒善刀三百岁，却惭交旧得分尝。

大酒坛

● 赵晓梦（四川省作协主席团委员、
诗歌委员会副主任）

岁月还是静好。从一道门进入另一道门，

不知被转手几次的大酒坛，仍然守着

房间的角落，除了安宁和灰尘陪伴，

这一次多了茶台、古筝和散落的书籍。

阳光偶尔越过窗台上的菖蒲，与大酒坛

保持一米的距离。

要不是茶台和书籍，眼睛环顾的时间
真会遗忘大酒坛的存在。布袋里的沙
软埋酒吐出的芳香，也软埋了说话的
权利。坛身的黑暗里酒一直在憋气，
假装潜水，假装修行，假装孤独却并
不伤悲。黑暗给了大酒一双黑色的
眼睛和耳朵，你们想说的他全都知道，
也全都明白。现在他不说，
并不代表丧失逼退黄昏的能力，纠正
错误的能力。
房间遗落的大酒坛，让这一小块休息
区间，有了持久的安宁与踏实，
也有了耐心去翻阅人生百态，收集
断简残章，等待不曾来临的客人，
开启出痛击人心的重逢。

醉 酒

● 赵琳（甘肃"诗歌八骏"之一）

醉酒之后，我们看着璀璨的星空

是否有流星划过

醉酒之后，相信许愿的萤火虫

来到身边，它微弱的光源深处

有美好的事物在闪亮

我们拥有蓝色的天空和海洋

不缺任何东西，没有什么可以打扰

两个俗人生活在俗世的乐趣

如果有一天，终将做一次告别

告别一个人生活的理由

像酒那样，宽恕世间所有人的想法

题忠山诗

• ［清］赵藩（字樾村，曾任四川臬台，官至川南道按察使）

江阳名胜闻忠山，舣舟五度绕登攀。

不辞连日践清约，山灵偿我腰脚顽。

宝山嵯峨故堡子，丞相祠堂去天咫。

何公榜揭大忠传，义激人心常不死。

出城回瞰城如井，高阁凌虚极清迥。

烟水苍茫内外江，云霞明灭东西岭。

杯行劝君君莫麾，何不学仙冢垒垒。

谁家守土遗翁仲，有鸟归来唤令威。

棹歌风送余甘渡，南定高楼问何处？

侧想提师拜表行，可怜尽瘁酬三顾。

怀古伤今百感来，中原举目莽氛埃。

皇天于世能无意？宵旰方求旷代才。

老窖情怀

• 赵丽娜（诗人，中学教师，中华诗词学会会员，太原诗词学会副秘书长）

泸州一入酒交关，未饮醺然已醉颜。

乘兴三樽邀蜀月，放怀几度望巴山。

泥藏老窖多情水，风送清香作意间。

品尽壶觞诗落处，似回唐宋境闲闲。

酒镜子

● 赵琼（中国作家协会会员，"蓝天文艺创作奖"获得者）

天，是地的镜子

每一片晴空和云彩

都是人间的

一座城池

地，是天的镜子

每一盏灯和每一个身影

都是一颗天上的星辰

当每一棵树，都想倾其一生

抱定群山，并与苍鹰一起

将自己磨成一面影子的镜子

夜色，对着溪水

也将自己，一层一层

从清晰中剥离

多像年年的清明啊

我走进原野，去看父亲

三杯泸州老窖

与一座墓碑，靠着凝眸

来映照酒水的轮回

泸州老窖咏

• 赵继杰（景德镇陶瓷大学教师，中国楹联学会理事，中国楹联学会对联文化院秘书长）

槽房且认汉时痕，久历春秋古窖存。

琥珀光沉沱水影，胭脂色染蜀都门。

清香不散浓香暖，大酒微醺小酒温。

但约二三知己聚，泸州月下斗金樽。

353

叠韵答太谷少初二公

- ［明］赵大佶（万历初任泸州知州）

江阳郡接古渝中，文献君家海内雄。

南甸勒铭垂太史，上林策马逐春风。

山连豸角开金障，水绕龙潭映碧空。

蹑屐偶来凭绝巘，凤麒长集五云峰。

将之泸郡旅次遂州遇裴晤员外谪居于此话旧凄凉因寄二首（选一）

• ［唐］郑谷（唐末"芳林十哲"之一）

昔年共照松溪影，松折溪荒僧已无。

今日重思锦城事，雪销花谢梦何殊。

乱离未定身俱老，骚雅全休道甚孤。

我拜师门更南去，荔枝春熟向渝泸。

泸 州

● **郑力**（承社社长，邢雅诗社社长，邢台市
文艺评论家协会顾问。）

一

一任愁销天地侧，烟波高卧鹭扶窗。

满城都在酒香里，不愿乘风去大江！

二

长怜太白徒为饮，每惜东坡不解愁。

天下等闲都看罢，清狂只合在泸州。

题方山圣水寺泉

• ［明］朱茹（字以汇，号泰谷，明代泸州人，
累官工部员外郎）

长书蜿蜒望中悬，哲匠磨岩镇静禅。

圣水原非江外水，方山今在会山前。

高人足为通泉脉，僧舍时看湿茗烟。

千古海涛惊铁书，清冷一勺藉杯传。

田家小饮

• ［清］钟致和（书名朝煦，1903年
中举。曾任滇西盐运史）

难得田家酒一杯，匏樽瓦簋带欢来。

高田受日麦初秀，小院多风花乱开。

啄粟鸡肥黄过谷，傍篱蛙瘦绿成苔。

更怜屋角蔷薇稚，移向微阳煦处栽。

好事近·醉在泸州（新韵）

● 仲晓君（诗人，企业家，淮安市作家协会副秘书长兼诗词工作委员会主任）

酒贵遇情浓，今晚且赊三两。还有几人单碗？共饮石板巷。

杯中已忘身为客，豪情一千丈。梦里泸州可好？醉卧江涛上。

明代：1573 简史

● 朱永富（小学高级教师，第五届诗酒文化大会
全球征文金奖获得者）

江山初就，国运中兴

天下赦怎可无酒？

循一缕酒香于泸州的深巷

有川人舒氏承宗

武举。豪爽仗义，厌官场之尔虞

遂还乡。拜泸州人施源为师

融会贯通于略阳酒艺

开店作坊。从五渡溪采回黄泥

黏性，不含杂质

他常于黑暗里集古法，勤思量，多捻须

偶得其不二法门

"泥窖生香，续糟配料"。泥性密实

适合生长微生物，时之久矣

延续成古老的生物反应

而后续糟，配料，让酒之香火不断繁衍生息

从此，白酒之浓香得以始成

取人、财、源成其"舒聚源"之名

窖成，明神宗在位

时年 1573，有过大纪事，归于野史

唯窖群生生不息

以酒之名记之，扬天下，正功果

与友畅饮泸州老窖歌

• 朱思丞（中华诗词学会会员，解放军红叶诗社培训部导师，镇江市诗词楹联协会副会长）

　　君持泸州老窖至，与我同唱老窖歌。十年情谊醇似酒，今携云气涨天河。开瓶晴空响霹雳，鸿爪雪泥皆历历。但随君语品兴衰，听此绝胜琴瑟击。举杯接来银汉水，但觉香满酒入唇。及待玉液入腹腔，俨然身不在凡尘。一杯能解千古恨，两杯阅尽古今人。三杯四杯连五杯，不知何者为己身。神清气爽轻飘飘，且上天庭走一遭。奇观异景世罕见，至此只需任逍遥。忽见辇道车辚辚，道是王母宴群臣。此时非是三月三，缘何召开蟠桃会？挽起衣袖且赴宴，天上之事休过问。九转金丹伴仙桃，龙肝凤胆列佳肴。未见琼浆心中急，遥对仙女手相招。仙女近前问，无酒难入口。须臾献金盘，盘中托

一曰。此酒在天堪奇珍，产自人间江阳镇。为有贵客方得饮，虽是一盅莫嫌吝。闻听此言放声笑，席间群仙停箸观。皆道奇珍集天庭，却乏美酒可尽欢。敢问天庭无人耶，美酒竟出自人间？王母哑然有愧色，太白躬身进一言：非是群仙无法力，江沱清冽难复制。泸州老窖夺天工，神通无量终无计。狂笑离席去，无酒岂成宴？世人皆道天宫好，却难尽兴享酒馔。哪似人间喜乐多，老窖今宵敞开喝。群仙若知晓，想必泪如泼。请君且举杯，共庆好生活。觥筹交错杯莫停，猜拳惊散满天星。黎明放眼小康路，青山绿水如画屏。酒酣敞襟扶醉归，快意人生胜天庭！

从纯阳洞出来

● 子曰（中国作家协会会员，张家界市国际旅游诗歌协会副主席）

"请放开你的手，放下你不能

随意拍照的相机，并保持肃静……"

解说员这样说的时候

我仍旧不听劝解，刻意留下了心

从纯阳洞出来

我突然就喜欢上了这处幽境

爱上了这里的繁衍与生息

在天然藏酒洞窟里

所有坏心情都被清除干净了

而我唯一可做的

就是和远方的渔船以及长江

碰上一杯

那里，有落日因为刚才的不舍

而哭红的眼睛

头脊梁

● 宗仁发（吉林省文艺评论家协会三席，长春市作协主席）

江水绕过石头

石头现出原形

不只是不能再做暗礁

就连隐私也暴露无遗

人们站在头顶上拍照

记录下它的耻辱

甚至发泄些不满

也有人在此把酒临风

脊梁骨作为酒桌

增添了几分豪放

但谨慎的人仍会回忆起

大江汹涌时节

那些触礁的险情

敬畏地把酒洒到江上

然后默默祈祷